珊珊山起风了

依然小五 书

珞珈山起风了

余仲廉 著

长江出版传媒

长江文艺出版社

图书在版编目（CIP）数据

珞珈山起风了 / 余仲廉著. —— 武汉：长江文艺出版社，2019.11
ISBN 978-7-5702-1137-1

Ⅰ. ①珞… Ⅱ. ①余… Ⅲ. ①诗集－中国－当代
Ⅳ. ①I227

中国版本图书馆CIP数据核字(2019)第 110888 号

责任编辑：谈　骁　　　　　　责任校对：毛　娟
装帧设计：风雅颂文化传媒　　责任印制：邱　莉　王光兴

出版：长江出版传媒　　长江文艺出版社

地址：武汉市雄楚大街268号　　　邮编：430070
发行：长江文艺出版社
http://www.cjlap.com
印刷：深圳市德信美印刷有限公司

开本：880毫米×1230毫米　1/32　　印张：7.5　　插页：2页
版次：2019年11月第1版　　　　2019年11月第1次印刷
行数：5522行

定价：48.00元

余仲廉拜访武汉大学老校长刘道玉（2019年4月19日　摄影　杨帆）

序 | 珞珈情，我们共同的背景　/李少君

　　我写过一首诗，叫做《我是有背景的人》，这个题目让很多人觉得有点好奇，其实，我的意思只是，我出身于珞珈山，我的背景是珞珈山。

　　青春成长时期的经历，会对人的一生产生长远的影响，这几乎是一个定论。对于我们这种从校园成长起来的一代人，到外地读大学，算是第一次走出家门；接触世界，算是踏入社会开始一个人生活的一个起点。在大学所接受的教育及其环境的影响，基本决定了一个人此后的价值观和生活道路。所以，大学对于很多人来说，是成人礼，是社会生活的入口，是一个真正的永远的精神家园。所以，我对很多人说，我的背景是珞珈山。

　　这样，也就很自然地，对有着同样背景的人，会有一种亲切和亲近。我第一次见到余仲廉校友时，还只是知道他是一个成功的企业家，武汉大学校董；认识后，发现他原来还是一个哲学博士；然后，更深入地了解后，知道他还是一个诗人。这也解释了很多人的一个迷惑，因为生活中的余仲廉，随和甚至有点冲动，但做起事情来却很认真，一丝不苟，也很有条理。我开玩笑说：仲廉兄本质是诗人，却有办大事做实事的能力，结果成了一个企业家，但其内心不满足于此，希望能名垂千古流芳百世，所以胸怀远大，有着哲学学者的深谋远虑和雄心壮志，是注定要成就大事业的奇人。

在这里，我就结合仲廉兄的诗歌谈谈他的情感、情谊和情怀，我认为这也是他最突出的三个层面。

　　先说情感。仲廉兄情感强烈，这是每一个第一次接触他的人都有的体会。他的社会身份是一个企业家，但他从来不把自己当做企业家，他说他做企业是为了实现慈善事业的理想。他在生活中经常激情澎湃，动辄就在公共场合高声朗诵诗歌，让人惊叹不已。而他的诗歌里，这一点也表现明显。在仲廉兄看来，没有情感就不会有诗。他把自己的诗称为"情诗"。每一首诗，代表他的一份情感，当然，这情感有对珞珈山的，有对自然山水的，更有对友人亲人的、对民族和国家的。仲廉兄很多诗写得很抒情，比如写青春往事："妙年同桌时，爱意独心期。几番想宣秘，怯怯难启时"，写心有灵犀的感觉："春风天上来，人面桃花红。两眼相凝望，心有灵犀明"，写对慈母的牵挂："龙跃皇榜紫金人，浪迹天涯游子途。心系慈母手里线，情牵故乡茅草屋"，都倾注深情，让人感动。

　　确实，诗是情感的文字升华，是用语言将情感高度形式化。诗，甚至是人类区别于动物的标志，仲廉兄用哲理性的语言强调了诗的重要性："如果生活中没有诗，/美酒则平淡无味；如果人生中没有诗，/精神则残缺不全；/如果女人没有诗，/大地会沉睡；/如果男人没有诗，/宇宙也会乏味；/如果人类没有诗，/就和动物同属一类。"

　　再说情谊。仲廉兄重情谊，每一个接触过他的人都印象深刻，所以他家里永远高朋满座。仲廉兄尤其对校友们特别热情，每次招待得非常妥善；而且几乎给每一个见过的校友都写一首诗，这也是我曾经的理想，给每一个去过的地方和有缘的人写一首诗，可我没做到，仲廉兄做到了。他这方面的诗作是最多的，给我就写过好几首。

仲廉兄写到校友，总是一往情深，他的诗歌也可以为证，比如："一群珞珈人，豪饮珞珈酒。澎湃珞珈情，尽传珞珈魂。""校友四五人，小酌六七杯。醉倒八九个，砥砺万人心。"写同窗恩师："同窗情义深似海，恩师教诲重如山。"一个重情谊的人，其实就是一个热爱生活、热爱世界的人，这样的人，内心充实而强大的。

仲廉兄的情谊又并不盲目，他有着难得的理性，这也许是他学哲学带来的。他总是能把各方面关系处理得很好，甚至可以说是企业家校友会的枢纽人物之一，"回武大，看樱花，见仲廉兄"几乎成了不少回母校的珞珈人的一个心声。而仲廉兄也把自己的一生奉献给了珞珈山，有诗为证："前生结情缘，一心挂珞珈。生是珞珈人，死属珞珈魂！"

三谈情怀。仲廉兄有情怀。更重要的，他还有理想和大义。所以，他的情怀不只是一种个人修身，虽然他也经常提到这个，比如"抛下人间事，关上大千门。寻个风景地，卧看云卷舒"，或者，"流水缓急心常静，落花开谢意自闲"，但他情怀显然更宽广一些，此诗可证："明月虽无价，山水却有情。人生时光短，情怀亦无垠。"可以说是心怀天下。

确实，仲廉兄的情怀是更博大的胸怀。他数十年来，一直资助扶助贫困大学生，用自己的基金支持了二千多位贫困大学生。他说起扶助的学生，如数家珍，尤其说起那些已经开始显露头角的青年才俊，非常得意，充满快乐和幸福感、满足感。我开玩笑说：孔子有弟子三千，你也快赶上了。

这些年，仲廉兄对珞珈诗派的大力推动也是有目共睹的。真的就像这本诗集《珞珈山起风了》一样，他在社会上吹起了"珞珈诗派"之风，因为，他相信文化的力量更长久，影响更深远。他对珞珈诗派的发展有着长远规划，比如成立珞珈诗派研究会，他的思考征得部分珞珈诗人认可后，很快就落实到位了。并且还设想着，设立珞珈国际诗歌奖，开国际研讨会，而且说做就做，动辄把校长、市长请过来，让我们这些书生气十足的人目瞪口呆。

人间有大爱，世上有真情！感于仲廉兄的情感、情谊和情怀，我早就想过也要写一首诗回赠仲廉兄，但不知为何，却无端想起这么一句常用的话。其实，这种常用的话里往往有着质朴的真理，和深刻的含义。我仔细想了一下，其实这句话用来形容仲廉兄，恰恰好。

李少君，1967 年 11 月生，湖南湘乡人，1989 年毕业于武汉大学新闻系，主要著作有《自然集》《草根集》《神降临的小站》《海天集》等，被誉为"自然诗人"。曾任《天涯》杂志主编、海南省文联副主席，现为中国作家协会《诗刊》主编，一级作家。

目录

附　录

春

春
风 和
日 丽 暖
萌 芽 嫩 绿
杨 柳 绦 飞 絮
蜂 闻 花 香 寻 蜜
雨 润 禾 苗 叶 滴 珠
生 机 盎 然 蓬 勃 竞 彩
童 男 稚 女 结 伴 上 学 堂
你 追 我 赶 歌 声 嘹 亮
驱 时 光 穿 梭 神 往
心 溢 烂 漫 天 真
美 自 不 待 言
羞 涩 蓓 蕾
摘 一 朵
碧 翠
春

2016 年 8 月 16 日

此为增字减字诗体，又是正反诗体，又为正反双向宝塔诗。正反读，
其意味不一样。

乐山，珞珈山

—— 纪念武汉大学西迁乐山八十周年

一个特别的日子，
记忆在葱郁的珞珈山行走。
路人、笑声、鸟语，
间歇穿过静寂的山林。

脚步走近曾经保护生命的防空洞，
废弃了的功能，静静地守护着历史，
储存着轰炸、侵略的罪恶。
山还是那座山，依然生长着，
八十年前的战火遗迹硝烟。

山河欲碎，珞珈人西迁、西迁，
冒着炮火穿越险滩，
难于上青天，难！再难，
拦不住文明火种的火焰……
指示安宁，修葺学习，
文庙大成殿的钟声余音绵绵。

校长养猪，教授种菜，
一把伞撑起屋漏偏逢雨，
一碗清粥挨到夕阳西下，
一手好文章洋洋洒洒，
珞珈人的风骨，彰显中华民族的精神。

不屈不挠的灵魂，
在那些国殇的日子，
直到 80 年后的今天，
从珞珈山向西眺望。
眺望乐山大佛的微笑，
眺望三江交汇的壮阔波澜。

时光岁月的深处，
文庙大成殿的钟鸣，
武汉大学的读书声，
带着历史沧桑的悲壮，
带着时代奋进的号角，
在乐山、珞珈山相映回荡……

2018 年 10 月 29 日

我的樱花季

我漫步春天的珞珈山
春风一吹，惬意从眉梢流入心底
像接收远方来自于你的灵犀
我会跑到樱花树下
去看那些芽和蕾，仿佛看着你
仿佛看见一场春雨淅沥
打湿我花白的眼神
直至蔓延到我的整个灵魂
直到所有的花都暂停了呼吸

我认识这里所有的樱花树
在珞珈山如锦的路旁
诗一般伸展的枝条上
有数不清的花蕾
从含苞到花儿一瓣瓣
如同你青春绽放的美丽
灿烂得让我都不敢偷窥一眼
我只能任凭激情跳动的心
在热血中荡起层层涟漪
在一场雨飘落之前
轻轻拥揽属于我的樱花季

变和不变

——读杨旺学医之路有感①

人生在世间呈现的内涵，
都有永恒的主题：变和不变。
变是为了不变的实现，然，
呈现的是变幻无常的形态。
在无常的世间追求人生，
如何让现实的无常变为有常……

有常，如同人的人生选择：从医，
就是选择了不变的医者仁心，
这是唯一的，是变的引航灯塔；
是医者手中拥有的斩魔宝剑，
一旦停止或放下或钝拙……
不变的意义就在停止和丧失中，
仁者不变的光芒将瞬间被蒙蔽。

如同航行海上的船没有了罗盘，
世间万物的属性和人生一样。
都有一个永恒追求的主题：
在变中寻求不变，在不变之中求变。
人生的意义和价值在，
变中书写，在不变中积淀，
汇聚成河流，累积成高山。

---

① 杨旺，博昊学子。

如同拥有仁者之心的医师，
靠不变的医心作支撑，不断求变；
不变的是佛性仁慈的医德，
变是仙道一样的医术常新。
用仁慈悲怜的佛性智慧，
培育悬壶济世的能量。

变和不变，以追求常新而永恒，
将手中斩魔的利剑，
始终保持锋利无比；
用生命去承载生命的相托，
以本能的全部力量向前，向前……
鞠躬尽瘁，直到生命终止的新起点。

念奴娇·珞珈山追思

——纪念武汉大学西迁乐山八十周年

岁月沧桑，号角鸣，
千里钟声激荡。
故垒乐山，有道是，
武汉大学校场。
弦歌不辍，
溯流而上，
踏平万重浪。
炮火连天，
国破山河哀殇。

遥想校长当年，
率师生八百，西迁川康。
筚路蓝缕，
笑谈中，怒怼日本豺狼。
文庙神游，
风骨冲云霄，苍天问道。
挥斥方遒，
灭倭寇还国泰。

2018 年 9 月 27 日于循善居

不要测试人性

不要测试人性，
直爽率性地告诉你。
如果我走进了你的心里，
请你率性真诚地待我。
不要站在道德的制高点，
测试你想要的结果。

用帅哥美女来考验，
荷尔蒙爆棚的青春；
让饥肠辘辘的人去，
烧烤羊羔面包披萨饼；
检验人性的高尚与无私，
用救亲人性命的钱作试剂……

责问为什么没有慈善品格，
这是你没有同理心的呈现。
我现在告诉你不用测试，
结果会让你失望难过疑惑。
古代圣贤早已谆谆教诲，
人心和太阳不可直视。
你想知道花瓶的强度，
只有碎片才能告诉你。

2018 年 8 月 13 日于循善居

落魄秀才做春梦

落魄秀才做春梦，
在穷困潦倒失意的暮途。
忽然除却巫山不是云，
春风快马天下美人，
任由其情趣自如地指使。
莺歌燕舞十里长街，
浩浩荡荡，锣鼓喧天，
人生畅爽得意的感觉，
自不待何种语言，可表一二……

秦始皇刘邦彼得大帝，
谁能和我相比？
天地宇宙化如我心，
鼻息即能呼风唤雨。
眼波且把阴阳割昏晓，
弹指间造化钟神秀。
抬起手臂秒杀全世界的，
诗词歌赋琴棋书画。
氢弹原子弹核武器，
吸之入腹中助消化，
吐出来在掌上自由玩耍。

我是宇宙，宇宙是我，
神通超越如意金箍棒。
下搅海浪翻滚，上震天庭垮塌，
如意，如意，人生真如意……

逍遥大梦有诗为证：
如意直耸天际穷，
春华一泄惊梦去。
身卧牛羊猪马圈，
怀抱稻草破棉絮。

2010 年 10 月 10 日于珞珈山

说过的相聚
——记与一位朋友相约几次未聚有感

朋友！说过的相聚
一直还没有成行
放在心里是个事
没有忘记，不能忘记
这是说过了的事
代表着为人和诚信
尽管你有事我有事
为了我们共同的期许
还是要兑现曾经的约定
找个农家小院聚一聚
寻觅故乡的味道
因为其中还有童年的故事
所以要让说过的话儿
在茶壶中荡漾笑语
在酒杯里欢欣鼓舞
让故事在故事中延续
说白了，人生不就这么回事
被伤的人带着情愫哭泣
伤人的人从来都没有在意
所以没有什么在意不在意
因为世界的一切一切
都是由不经意的小事所致

邂逅的相思

因为思念与遐想，月亮，
被注入丰富而浓郁的情感。
身着淡色旗袍的女子，
荷花抹胸，腰束纤体；
手挽翠绿拖地的烟纱。
鬓雾鬟发中别着珠簪，
一对明眸的眉宇间，
妆缀着一颗赤色的豆珠。
清秀高雅丽质的脸上，
荡漾起春花秋月的神秘；
像一片轻绵柔和的彩云。
无论时间的脚步走了多远，
她的身影，总在眼前浮游飘拂；
风情万种地撩人心弦。
唉！真是一代绝美佳人！
是寂静时下无休的回忆……

2018 年 6 月 9 日于循善居

端午读楚辞①

空间因有味而有味
时间因特别而特别
两千多年前演绎的故事
让我今天手捧楚辞阅读
品味发牢骚人的情绪
思考他舍其生命的追问
呼叫苍天回答他的胸襟
九歌②带着我做离骚③的游戏
折叠时间和空间的维度
把历史和现实做成模型
进行分拆、融合、再造的赏析

就这样、带着时间在空中穿越
身体静静地待在屋子里
虽然风景只有一堵墙隔着
丝毫也不去想窗外的园子
男孩在花丛中追逐蝴蝶
女孩在草坪上唱歌跳舞

---

① 楚辞是屈原创作的一种新诗体，《楚辞》也是中国文学史上第一部浪漫主义诗歌总集。
② 《九歌》是《楚辞》的篇名，原为中国神话传说中的一种远古歌曲的名称，是屈原在楚地民间祭神乐歌的基础上改编加工而成，诗中创造了大量神的形象，大多是人神恋歌。
③ 《离骚》是屈原创作的诗篇，是中国古代最长的抒情诗。

是时间改变了空间的是非
还是空间成全了时间的价值
如果能够将时空重合
把现实人生和屈原时代一比较
我们仿佛幸福得有些奢侈了
满世界奔跑着游动的躯体
灵魂都在历史的楚辞中沉睡

2018 年 6 月 18 日于循善居

灵魂深处的爱

沉睡在幸福温暖里的人，
从甜美的梦中醒来。
拿起笔，想画一幅她的画，
画梦中那迷人的微笑，
画她带着孩子们欢快的舞蹈；
想写一首长长的爱情诗，
写她仰望蓝天的眼神，
写她在孩子的簇拥下飘逸，
飘逸在天空中散花的姿态；
想唱一首心灵的歌谣，
唱出她柔情似水的爱，
流淌在孩子们心间的泉溪；
想站在春天的田野上，
在风中感受她的气息；
想待在丁香或栀子花旁，
闻她灵魂中溢出来的芬芳；

想啊！想，想……
双手合十静静坐在蒲团上，
轻闭双目默默地呼唤
请快快来到我的心房；
让她这朵美丽温馨的花儿，
在内心深处悄悄地蓓蕾，
在宽大明亮的心间舒缓地绽放；
让无限欢喜的神光映满胸膛。
用爱意发射出的电波能量，

在她脸上泛起羞涩的红晕。
用眼神的光波传递心意，
在量子交汇相遇的瞬间，
展现灵魂融为一体的斑斓，
用灿烂向全世界庄严地宣告，
芸芸众生的两个零点五化合为一，
这是大千世界茫茫人海之中，
用了三万年时间的等待，
求灵魂深处之爱的实现！

2018 年 6 月 12 日于循善居

珞珈山起风了①

2018 年 12 月 4 日的清晨，
旭阳映红了满天彩霞。
珞珈山起风了，
起的是，书画诗词的文脉之风。
是从马竹②摇曳的根友③处发起，
无限温暖柔和的韵波，
以量子纠缠方式弥漫。
从四野八荒汇聚北京城，
昂首阔步进入中央电视台，
向全世界的观众现场直播。
中华大地的黎民百姓，
张王刘李陈……无人不知晓；
古老的周朝，七雄、五霸也被告知；
地域的北京、上海、沈阳、武汉……
五湖四海波澜壮阔地唱响，
炎黄子孙的风雅颂之歌。

---

① 2018 年 12 月 4 日，张正碌校友回母校来拜访我。因他是我们武
汉大学校友书画群中的校友。我与张正碌师兄，也是在校友书画群
里认识的。我们是以书画会友，他前来拜访，我就邀约在书画群中
的武汉人员：马竹、能利、吴根友、赵阳、杨旭、陈明华、黄斌、
周中华、王新才、车英、李进等人相陪，饮酒席间兴起而作此诗。
② 马竹，武汉大学校友。中国作协会员、湖北作协会委、湖北电影
集团专业编剧。从事影视编剧、文学创作和艺术研究。
③ 指吴根友，武汉大学哲学学院教授、博士生导师、哲学学院院长、
国学学院副院长。

黄河在咆哮，长江在奔腾，
儒释道的雄鹰鲲鹏，
张开理想的翅膀飞向蓝天；
扬起拥抱苍穹的能利①。
五千年的文明浩浩汤汤、车轮滚滚，
伴随着英雄们的脚步向前，向前……

珞珈山，起风了，
起的是五千的文明文脉之风，
起的是中华文化自信之风；
是儒释道的大合唱：长江、黄河，
我的祖国，青藏高原、珠穆朗玛，
巍巍昆仑、茫茫草原、辽阔的大海。
斗转星移，日月轮回，
时代辈有新才②展宏图。
正禄③幸福美好的生活，
正向我们走来，走来，
伟大的中国梦不再是梦，
而是现实，雄狮的呼啸，
是中华民族巨龙腾飞的时代！
共商共建共享的合作理念，
沟通、聚通、畅通、融通、相通的思想。

---

①能利法师，武汉归元禅寺依昌明大师出家修行，中国佛学院毕业。
武汉大学哲学院师从彭富春教授学习哲学美学。
②指王新才，武汉大学校友，现为武汉大学图书馆馆长，信息管理
学院教授，兼任中国图书馆学会常务理事，湖北省高校图工委副主
任兼秘书长，武汉珞珈诗派研究会会长等。
③指张正碌，武汉大学校友。此诗将当天相聚好友的名字写进去以
表重视。

把整个人类的灵魂唤醒，
看中国文化成为世界的主流。
大胆追问地球该如何拯救？
答案就在克制欲望、
敬畏自然、遵循自然、适应自然，
在追求天人合一的和合大道之中。

毕业季①

毕业是欢喜的离愁
梦想的翅膀，将友情、恋情
化成对往昔无限的追忆
心灵温暖的火花之鱼
向记忆的河床深处纵身
等待熟悉编码的人来临
开启锈蚀的锁，拨动尘封的弦
生命中最美妙的音符
铺满星辉的林荫校园
那些曾有过的不期而遇
是抹不去的青春气息
像阳光裹着湿润的汗味
柔软在风里，在云间
伴着岁月的流转远行
仍会有朵固执的云回归
这追梦时光的过客啊
让晚风再次轻拂你的刘海
我望着你，深情的双眼
比东湖的水更加清澈透亮
这是你们此刻幸福的秘密
却是我们迷恋沉醉的回忆

①珞珈诗派"毕业季·毕业那年"同题诗会所作诗歌。

身体与灵魂

有的人，
身体在前奔跑，
灵魂在后追赶；
有的人，
灵魂在前超速行驶，
身体在后晃悠。

身体在前灵魂在后，
叫做丢了魂魄，
而人云亦云也。
灵魂在前身体在后，
叫做魂不守舍，
而舍生忘死矣。

请记住，别忘了，
灵魂和身体，
永远是一个整体。
灵魂和身体的分离，
其一是行尸走肉；
其二是不可评判的异类。

2018 年 5 月 21 日于循善居

你才老得快

喂！小军、小妍快来
来，来，来，做游戏
昨天玩过的就不玩啦
我们换一个空间
把时间和记忆抹去
伙伴们，都可以一起玩
看是选三千年一局
还是五千年一局？
百年的时光很快，很快
开心者胜，快乐者赢
突然来了个捣蛋的小屁孩
破坏了我的宇宙飞船
还对伙伴们说我老了
我生气地把他推倒在地
噘起我的小嘴巴
你是坏蛋，你是坏蛋
不跟你玩，不跟你玩
你是大坏蛋，你才老得快
老得连乳牙都长出来了……

2018 年 5 月 27 日于循善居

告别海南

烟花三月下南国，
盛情难却到琼州。
四天三地游，奔驰不息，
数次往返文昌与海口。
武大校友兄弟姐妹百余人，
工作娱乐美食轮番进行。
叙说家事国事天下事，
天南地北传颂珞珈人文精神。
陶醉于海南的风景之中，
享受于海南的美食之中，
最迷恋的是海南人的热情友情。
别了！难舍！难分！
别了！依恋！欢心！
别了，我记忆的仓库，
装满了阳光、海浪、沙滩，
装满了海风、椰风、和风，
装满了美景、美食、美人。
心里满满的情义和情怀，
只好全部卸下来，
寄存在清澜半岛①，
寄存在全海南，
三角梅②的花儿上……

2016 年 3 月 30 日于珠海转机的空间

---

①海南省文昌市靠海的一个半岛。
②海南省省花。

身体的麻烦

身体的麻烦
包括身体的全部
皆秉持坚定的信念
坚持着相互的麻烦
构建和谐的命运体
促进着相互的幸福与快乐

正如眼睛麻烦脚行走
饱览七彩美色奇观
脚麻烦眼睛的指引
安步当车跋山涉水
嘴巴麻烦双手服务
品尝万物美味佳肴
所有器官麻烦嘴巴
按时输送能量物质

身体的士兵们
身体的将帅们
就这样各就各位
各尽麻烦之天职
为他者而为己
为己而去为他人
他们都知道身体
缺少了麻烦便有了麻烦
难受痛苦折磨
遂即自此开始

身体快乐幸福生活
是在这相互的麻烦中拥有
是在这相互的麻烦中
获得各自的需要需求
是在这需要需求之中
各自又制造着麻烦
就这样始终地始终地
进行着相互麻烦的麻烦

人身体的麻烦，是如此
人的人生之路，是如此
人的生活、工作、事业
也是如此，不仅如此
家庭、社会、民族……
包括国家皆是如此
大千世界无不是如此

只要有一处
不需要，不制造麻烦
那全体的麻烦便来了
如果面对这来了的麻烦
不能及时有效地解决
麻烦便会越来越多
麻烦便会越来越大
最后便会麻烦死了
……

四月的心

四月的心
如同四月的天
芳菲尽在此间中
明媚的阳光与生灵竞辉
一阵阵清新的和风
缠绕着片片白云成霞烟
时常化成欢快的小雨霏霏
伴着游子的脚放飞思绪
追寻那些没有答案的梦

透过窗儿，静看
雨，绵柔纤纤如丝
似水若冰，晶莹剔透
恰似少女深情的眼眸
缠缠绵绵的层层涟漪
倾泻了一地的回忆
青春时光的灵犀
羞涩，在眉宇间扬起
轻轻地对自己吟唱：
弱冠人生如初夏的花
沉浸在浮生之中
诗意的歌谣漂泊在旅途

人生的四月天，韶华静美
一颗烂漫纯粹的心
如何面对，季节的凋零

殷红的彩霞被乌云泽被
暮色在眸帘中搁浅
追赶激情澎湃的光影
注定被时光的火炉
熔化成自然中的灰尘
人生和大地终会归入寂静

青春渐渐，清如莲心
岁月静好，却变迁得了无情愫
碧荷连天，却换成了残叶满池
闭目的眼，穿越万水千山
思寻童年放飞的梦
缓缓地远逝，远逝、远逝的
抵不过一滴淡淡的素墨
在宣纸上的浸染……
无限无穷的生命和生机
都在自然的无声无息中生息

2018 年 5 月 7 日于循善居

读古帖

凝视一本魏晋古帖
从不朽的灵魂里
闻到千年普洱酵香暗生
品到百世沉坛琼浆绵长的味
如闲步幽径小巷伴落素
静静淡淡的安宁与祥和
看似无欲无望无求的塑像
观却如一尊尊的文殊菩萨
呈现的是气定神闲、古拙雅致
体现的是云淡风轻的飘逸
赋予的是耐人寻味的质朴与淳厚
仿佛是青春懵懂的少男少女
欲言又止而羞涩的心语
是远离尘嚣后的纯粹
是灵性返璞归元的童心
是内涵端正庄严的风骨
是一切学者的学识争鸣
它用无声的语言跟你交流
让每位深谙的书写者折服
是文人墨客渴望难及的境域

2018 年 5 月 4 日于循善居

光和花

自然中，最耀眼的光，是闪电；
最美丽的花，是昙花；

人生中，最耀眼的光，是灵魂的闪电；
最美丽的花，是思想的火花。

自然里的光和花，人生中的光和花，
都是在寂静沉默中，聚集爆棚的能量，
喷发于一瞬间的绽放。

多少人活着，却如同死去，
他们丧失了独立思考的能力，
畏惧思想，只追求感官的快乐，
如动物般混混沌沌地度日。

他们从未去领略，
去感知去留心，去培育去挖掘，
隐藏在自己灵魂中的闪电，
留意平时思想上绽放的昙花，
而不知这是人生之中，
最耀眼的光芒，最美丽的昙花……

2015 年 1 月 26 日

无边的边

自然万物都是有边的
无穷的思想也是有边的
但在黑暗中行走的人
是无边的
在沙漠暴风中行走的人
是无边的
在大海的骇浪中漂泊的人
是无边的
泯灭了良知的人
回归的路是无边的
失去了人性的人
寻找灵魂的踪迹是无边的……

无边，无边，
儿童的幻想无边
哲学家的思维无边
政治家的欲望无边
科学家的求索无边
诗人的情怀无边
母亲的慈爱无边
不语的父爱也是无边的
上天赐给人类的智慧
更是无边的……

无边，无边，
时间和空间是无边的

它对人的生命和意义
却是有边的
仰望浩瀚的宇宙苍穹
是无边无际的天空
但天空中闪亮的每一颗星星
都是人安身立命的边

2018 年 3 月 14 日于循善居

樱花喜欢春风

我喜欢春天，正如
春天喜欢樱花
樱花喜欢春风
那风一吹
我心即生得意
便会随着风的指引
悄然地站到樱花树下
凝神看那些芽和蕾
生萌出时光年轮的脸
轻盈飘逸满校园

必然会下起春雨
我渴望这雨水倾盆
用整个春天
来灌溉我心中的沃野
包括眼睛，以及藏满花香的鼻梁
直到脚踝，直到浸透
我灵魂深处的花蕾
一片一片地绽放
让樱花城堡幸福的诗意
在珞珈山无言地弥漫
随着春风吟唱至远方
送去你珞珈山的记忆

2018 年 3 月 10 日于珞珈山

追求

在空中，捕风捉影。
是顺风，是逆风，是侧风，
是什么，都不重要，
只要适合自己。

假如是我，
就化作微尘，
裹藏在风里，
随风飘荡，随风起舞，
和它在一起游戏。

在湖里，水中捞月。
是用网，是用叉，是用钓，
是什么，都不重要，
只要适合自己。

假如是我，
就化作微尘，
坠落在水里，
随波荡漾，随浪花涟漪，
和它在一起欢趣。

在人生，云游四海。
是探险，是科考，是求索，
是什么，都不重要，
只要适合自己。

假如是我，
就化作光影，
栖息在晨曦。
随霞耀彩，随光夺目，
和世界一起灿烂！

让人生幸福美好，
使脸上的笑容，
是来自心灵的洋溢。
不管是和风吹牛，
还是同云聊天
……
只要适合自己。

2016 年 7 月 21 日于循善居

灵魂之声

面对清晨的一抹阳光诉说：
借酒煮茶问英雄人生何时？
能否在喧闹的尘世，
拥有方寸之地，给灵魂，
搭个遮风挡雨的茅舍。
哪怕是在荒野偏僻、鸟飞不到之处，
拒绝摆设任何奢华的器皿；
只要蜗居能够安放灵魂，
让一缕紫色的阳光射进来。
哪怕只是在经书中给一个空格，
或是在经文缝隙之间的留白处，
哪怕只能让灵魂蜷缩一团……
只要闭着眼时是安静的。
在恍惚的暂停中有根残杖，
支撑不被泥泞的沼泽吞噬；
靠近些许来生行程的起航港，
亲手交托前生前世的衣钵，
就可以安抚生命流失的一切遗憾！

2017 年 11 月 18 日于循善居

独好

独好！
使人头脑清醒；
独好！
使人内心清静；
独好！
使人眼目清亮；
独好，使人独好！

独好！
请你看，
初夏的，第一枝荷花。
初露蓓蕾含苞欲试，
远比盛夏的满池怒放，
更给人启迪、思考，
更令人寻味、遐想……

2015 年 8 月 15 日于循善居

珞珈山的春天

珞珈山的春天，
春风无限，温暖徐徐。
它不仅在珞珈山吹拂，
在有珞珈人的地方，
就会有春风沐浴！
让一片地域山红柳绿，
让一片天空风和日丽；

珞珈山的春天，
春光无限，姹紫嫣红。
它不仅在珞珈山绽放，
在有珞珈人的地方，
就会有春花烂漫！
让一片地域鸟语花香，
让一片天空白云悠悠；

珞珈山的春天，
春意无限，生机盎然。
它不仅在珞珈山蓬勃，
在有珞珈人的地方，
就会有欣欣向荣！
让一片地域春和景明，
让一片天空碧蓝万里；

珞珈山的春天无限美好！
珞珈人是春天的使者，

珞珈人带着珞珈的春天；
珞珈的春天伴随着珞珈人，
一同把珞珈山的美好，
随着春风传至五湖四海，
传至人类可以到达的地方。

2017 年 8 月 26 日

钱之度

钱财是好东西，
人人爱之，人人求之；
越多越好，求无止境，
却不知钱财有度。
俗话说得好，钱财，钱财！
钱财就是水，水就是钱财，
有水就有钱财来。
谁也都知道，
水能载舟，亦能覆舟；
钱财可以成就你，
也可以毁灭你……

水是生命之源，
水是上上之善，
她哺育生命，繁衍生息；
她怒吼咆哮时，摧毁一切；
她温柔无比，随你而变；
但需要遵循，她的性情，
把握她的自然度，
才可享受水之善润带来的福泽。

既然钱财之性如同水之性，
皆为有度者也。
少则受穷受苦受磨难……
多则惹事惹祸惹麻烦……
可叹又可悲的是，

世人多者不知钱财有度。
知者，也不知其度为多少？
总是，企求越多越好，
结果，葬身于钱海财渊之中。

纵观历史，横看现实，
多少人在为钱财忙？
多少人在把钱财
当作主子一般供养？
多少人为钱财所亡？
历史和现实告诉我们，
天下绝大多数的人，
一生都是钱财的奴才郎呀！

我奉告世人要知道，
钱财是人之仆佣，
人是钱财的主子。
要依主子之能量，
来定仆佣之数！
两者均衡为度。
在度之内，钱财是绵羊，
在度之外，钱财是虎狼。

我还要奉告世人，
人有灵性，钱财亦有灵性。
钱财之性而超越人也！
人不知钱财之度，
钱财却知人性也。
它观照人之修为的度，
进行着度的分配；

它观照人品德之器容，
进行着量的配置；
它观照人之才能的拥有，
进行着钱财额度的配置。
匹配，对应者相得益彰，
反之，错位者在贪婪中毁灭。

2002 年 8 月 19 日于桂子山庄

有的人

——读少君兄的诗《麋鹿》有感①

有的人在平坦的大道上，
却迷茫地踱步徘徊着，
不知道迈步走向何处；
有的人在崎岖的山林里，
疾步奋履在曲径小路，
却清楚地知道，
这是通向真理的路；

有的人在光明的大道上，
却看不见迈脚的地方；
有的人在茫茫的黑暗中，
却用稳健的步伐走向光明；
有的人从光明走向黑夜，
他以为只有白天，
没有夜幕的降临，
他却说是走向光明；

有的人在漫长的黑夜中，
恒定执着地坚持，
他知道漫长的黑夜，
再长也只是人生中的一小步。
深信终会被黎明驱散，

---

① 李少君，武汉大学校友，《诗刊》主编。

迎来灿烂的满天朝霞，
照耀着他前进的光明大道，
谱写着人生阳光的彩虹！

2016 年 9 月 8 日于下班回家的路上

烟雨旗袍江南女人

女人、旗袍、烟雨、江南，
这好似与生俱来的词语，
相互之间有着紧密的联系。
烟雨蒙蒙霏霏的江南，
是多愁善感诗意的世界；
旗袍投缘女人的琴瑟，
演绎着人间绝美的韵律。

纤纤灵巧，细腰盈盈，
修长玉立亭亭的腿，
和谐摇舞在淡粉、湖蓝或者
月白、鹅黄、红、紫……
这些清雅素净和艳丽的色彩中，
都是多么令人醉心的美。

人的思绪会翻起封存的记忆。
去想，那青砖小巷的倩影，
她撑着靛灰色的油纸伞；
虽是简约，但这种明快清雅，
难道不是穿越时空的甜味？

在存封心间的画册里，
一页页地轻轻展开，
一幅一幅的都是经典。
请看满湖碧荷的乡路间，
身着旗袍的江南女子，

从杨柳依依中款款而行，
在自然中移动的优雅姿态？
美得能有恰当语言诠释吗？

试问当下还会有心浮气躁？
难道谁还不是随美而美吗？
此时的你，心中还有杂念吗？
难道不是追逐着美而神往吗？

当然是将心扉一页页地翻起，
看站在桥上这头的自己。
望着从桥那头走来的她，
在时空呈显的这一抹慢镜头，
灵动地把当下的空气静止。
是铭刻在灵魂深处的记忆。
即使待到生命轮回，
也无法抗拒心中的追忆……
这就是烟雨旗袍江南女子的魅力。

2018 年 6 月 9 日于循善居

把人情当春风送

人之所以为人，
就是因为有情。
应该把一点想清楚，
送出去的人情，
就别想着收回来；
让心情随着人情去欢乐。
把一切看淡看轻，
保持人性的善良与纯粹。
放出春风收回夜雨，
这样的结果固然甚好；
倘若回来的是酸雨，
那不化成了伤心的泪水？
更何况当今的世界，
环境严重污染。
把送出去的人情当春风，
让它化作喜雨去润万物，
也滋润了自己的灵魂。

2017 年 4 月 11 日于武昌

茶叶的自白

——回梅朵诗

美女呀
如果你真的爱我
就请你抓紧时间
温柔地把我采摘
因为我的青春短暂
只有你爱的眼神
向我示意的秋波那样长

美女呀
如果你会意了
我蕴含的韵味
那就请你抓紧时间
温柔地把我采摘
因为春天在呼唤
要我随她去周游世界

美女呀
不知你是否明白
我是多么地渴望
你快快温柔地把我摘采
因为只有你纤巧的手
才能成全我渴望的未来
幸福地吻你的唇入你的怀
在你的心灵里润化成诗意

美女呀！美女
你可知我生命的花期
当清明时节雨纷纷
路上行人会带走我的灵魂
我稚嫩翠萌的无限韵味
将被摧残得不复存在
我的归途就只剩无奈地等待
等待秋天来时的凄苦凋零

2017 年 3 月 27 日于循善居

无名诗的延长①

"我想做一棵树。
开心的时候，开花；
不开心的时候，落叶。"
孤独的时候，看天空；
闲着的时候，听鸟鸣；
夜幕降临后，
就尽情舒展树姿。
用叶片数着星星，
接受甘露的滋润。
将根深深扎入泥层，
探寻地下的秘密；
吸吮成长的养分，
丰满理想的心智。
让天空中所有的星星，
变成挂在树上的故事。

2017 年 3 月 21 日于省人民医院

_____

①在网上，看到儿童诗："我想做一棵树，开心的时候，开花；不
开心的时候，落叶。"有感写了后面的。

孤独的灵魂

一个孤独的灵魂，
在旷野里四处游荡；
在苍穹中到处飘移，
没有目标，没有心情。
沮丧着诸神的心灵阴谋，
寻找属于自然的灵魂！

看着地球的山川河流，
他说怪石嶙峋黏液迷涛；
看着繁华的大都市，
他说鬼狱魍魉窟穴洞牢；
美好的自然原有的世界，
都被贪欲扭曲变换了形态。

看到了耶稣他说，
你洞悉了世人的内心，
描绘蓝图让其忏悔，
让他们跳到没有彼岸的大海，
将人生淹没于茫茫无边之中。

看到了孔子他说，
你的名利心太重太重呀！
说服不了当时的君主国王，
就潜心著书立说，
叫弟子们去传播，
让安静自在的众生，

从此惶惶恐恐如履薄冰。

孤独者的灵魂累了，
想找个地方歇歇，
发现一个美丽的花园，
有一群可爱的孩子，
围着一个骑牛的老人，
脸色温和，目光凝神。

左手握着缰绳，
右手来回地摆晃，
皱眉挤眼逗着四周的小孩，
停下摇晃的手，
伸出一个指头，
放到嘴边吹着，
嘘！嘘！嘘……

2016年3月26日在武汉大学深圳研究院，我和阎志一起参加英语考试。
参考者大约四五十人。阎志坐一排一组，我坐四排三组。考完后我和
阎志同被江黎明设宴接待。在酒兴情浓时，阎志吟诵了他在考场写的
一首诗《珠宝》，并说："答完题后，时间没到不让交卷，不让离开，
剩下的时间，就写诗吧！"阎志说的和我当时的心境和行为完全一样。
于是我也从口袋里掏出用考场的草稿纸写的此诗《孤独的灵魂》，吟
诵给大家听。

老顽童①

可爱的孩子，在你的眼里

"灯把黑夜烫了个洞"

可是你天真的语言

却把我的脑袋烫了个洞

还击中了澎湃的心穴

从洞里喷发的能量

把囚困身体的房屋

冲破了更大的洞

让思维从洞里飞了出来

张开梦想的翅膀

带着无限追求的渴望

遨游浩瀚无边的宇宙

还见到了小时候

妈妈讲的故事中的人物

他在书里是恶魔的化身

见到我时却十分友善热情

和他们打招呼握手拥抱

我还认识了好多好多

新世界的新朋友和外星人

他们问我叫什么名字

我说：是地球上的一个老顽童

---

①在网上看儿童诗，读到"灯把黑夜烫了个洞"有感。

今天的时光最和美

——祝郭敏师妹生日快乐！

今天的时光最和美
晨曦的天空绽放着异彩
满天虹霞闪烁的霓光
抚弄着宇宙苍穹的琴弦
弹奏出来的天籁之音
弥漫至我们的心里
快乐幸福的感觉不可言表

皎洁的月光邀请嫦娥
向全天下的人们舞蹈
今夜只为你而明亮
满天的星星为你燃起烛光
迎接全世界的珞珈人
托流星为你捎来问候
用三月的风为你送来
绵绵不尽的美好祝福

祝福你一生一世的每一秒
都胜过春天里的郁金香
比它更娇艳、美丽、芬芳
如同盛夏满池的荷塘中
一枝独秀越过碧叶的莲花
亭亭玉立在东湖的晨曦中
同七色的阳光映彩竞艳
绽放出来的馨香，随着

你的笑容溢满珞珈山
勾勒起武大师兄们的回忆
郭敏师妹！永远是校园里
欢快飞舞的小燕子
任凭时光匆匆流淌
任凭岁月的春来秋去
你却依然如此

因为时间的法师早已为你
绘制了美丽人生的年轮
早已把你的一年确定
拥有 365 天的幸福美好
早已把你的一生确定
拥有三万六千九百九十九天
幸福美好的青春年华

2017 年 6 月 8 日于送旭洲大哥乘高铁返回，参加郭敏师妹的生日聚会的路上。

净静的美

心灵和自然都是一样的，
平静的宁净，平衡的宁静，
净静的平衡，都是美好的。
请不要，
用自己的小聪明，
或所谓的善心善意，
去干扰，
去打扰这份，
净静、宁静、宁净的美。
使她失去平衡，
产生变化，以至，倾覆、破坏……
要相信，
只有平衡的宁静，
平静的宁净，
静净的平衡，
是最美好的美！
是最接近"道"的栖居！

2016 年 3 月 20 日于循善居

以人为本

以人为本
从人性的源头开始
哪怕源头是涓涓细流
只要源头恒定不息
自然而然会洪波涌起

以人为本
体现在细小之上
从细微之处做起
细小不仅仅指涓涓细流
高山起于微尘
千里之行始于跬步之旅
一切以人为本
都应从细微之处做起

所有的细小，以人为本
都体现在人的需要上
则应从需要之处做起
人的需要是排困解难
引导发展超越提升
每一个细小都要从实际开始
让人感受到充实的幸福
就是真正的以人为本

2006 年 7 月 22 日于桂子山

春节寄语

时光的前行不言不语，
但它记录着，
我对亲人友人的思念；
季节的轮回不增不减，
但它记录着，
我对亲人友人的牵挂；
生活起伏跌宕，
但它记录着，
我对亲人友人的情感升华；
文字的丰富内涵不声不响，
但它最能寄托，
我对亲人友人的深深情怀。

春节来了，
是我表达情怀、升华情怀的时候，
是我追忆情怀、产生情怀的时候；
更是我传播传承情怀的时候。
借此美好的时光，把我对亲人友人，
那美好无限的祝福！阿弥陀佛！
南无阿弥陀佛！都送给你们！
祝你们永远健康幸福快乐！

2016 春节于循善居

珞珈诗语①

巍巍珞珈兮，醉美武大；
弦歌不辍兮，多难兴邦；
惠风和畅兮，春曲悠扬；

燕京韩进兮②，睿智博通，
气度恢弘兮，海纳百川；
天府晓红兮③，英才卓越，
绝伦逸群兮，志存高远。
珠联璧合兮，宏图大展。

校友回珈兮，情怀豪放；
无私奉献兮，大爱无疆；
红日初升兮，其道大光；
百年武大兮，正当朝阳；

纵有千古兮，横有八荒；
顶天立地兮，再铸辉煌；
大潮涌浪兮，顺势而为；
千载机会兮，深圳武大；
武大深圳兮，世界一流；
独领风骚兮，煌煌武大。

2016 年 9 月 2 日于深圳

①珞珈，指武汉大学。
②韩进，武汉大学党委书记。
③晓红，指李晓红，武汉大学原校长。

女儿梦

不相识，又何妨！
多少精致的妙龄女子，
想一袭华美的旗袍；
醉心地呵护在玉体上，
让其风姿绰约妖娆。
就像偶遇一段奇缘，
成为惬意舒爽的真实存在，
不用去追问幸福的长短。

芊芊淑女，乃天生尤物！
君不见绫罗绸缎的变彩，
缝制成旗袍贴护身娇；
飘飘然然如仙子，
轻移莲步或微盈浅笑，
或托腮沉思或凝视星空，
或依窗而坐飞针走线，
抚红弄翠女儿描春颜；
撑起布伞倚小桥远眺，
心仪的白马状元郎。
童话故事里的王子就在，
少女瞳仁里欢快地舞蹈。

2018 年 6 月 9 日于循善居

你是伟大的伪人

你是伟大的伪人，
把善变两端能量集一身；
你能占有我的时间和空间，
让我随着你的意思行为。

你是伟大的伪人，
一切只在转瞬眨眼间，
在地球及大气层内，
就寻找不到你的蛛丝马迹；

你是伟大的伪人，
当你需要我的时候，
把我高抬到珠峰之上，
尊称成为你心中的唯一。

你是伟大的伪人，
当你不需要我的时候，
把我扔在珠峰山底，
与你毫无关系地抛弃。

你是伟大的伪人，
为了你需要的时候能用，
希望我保持无我的本质。
在你反复的用和弃中感知，
你真是伟大的伪人。

生命的挽歌

生命的歌声基调丰富
在人生岁月的年轮中沉厚
把生命的履历故事
写在一笺烟雨里哭笑
做实实虚虚的半帘幽梦

生活却在滚滚红尘
掀起的浪潮中打着旋涡
孤独寂寞的灵魂
飘浮在混沌的森林里
在迷茫的苍野中游荡
寻找着落脚的空地

内心的世界独自告白
不想将浸透细胞的音符
饱含人生苦涩的味道言说
躲到无人打扰的静僻处
去倾听凡尘的落素
来冲淡忧愁中的无可奈何

慢慢地看着满眼繁花
毫无眷恋地善舞而去
挽护着黄昏的醉态
消失在降下的夜幕里
连渴望回眸的踪迹都没有
几多时能给个期许燕归来

生命的挽歌吟唱着
哪怕是永不兑现的承诺
留给人生的也不会是
唏嘘的一片空白
让生命的故事，可以
在风中呼唤岁月的号子
起风了，下雨了……
花开了，花谢了……
还如落日后的残阳，
如血一般的灿烂！

2017 年 11 月 17 日于循善居

望月抒怀

月亮呀！月亮！淡淡的你，
总是，静静的，缓缓的，朗朗的，
给人们，以宁静、思念、遐想……
你伴随着时间，这条长长的河，
在无穷的宇宙空间中，慢慢地流淌。
轻轻地洗涤着，大千世界的浮尘；
聆听着，诉说者的话语；
安抚着，受伤者的心神；
净化着，修为者的灵魂；
升华着，智慧者的人生。

月亮呀！月亮！你总是那样，
静静的，缓缓的，朗朗的，
无声无息的，借助着张若虚的思维。
让人们去感知，在你陪伴下的，
春江花月夜的美景。
让人们去感知，在你陪伴下的，
时间和空间交融的哲思。
把历史的光辉拿来，照亮当下的心灵；
把现实的思想，连接到，通向亘古的大道，
让人们去领悟，人性与自然的本原。

月亮呀！月亮！
是你用清辉，启迪了王维；
你又借助他的感悟，
让人们去聆听，清清流淌的泉水；

静观月光下的松涛，
体悟，天人合一的美妙。
启迪了李白的情智，
让人们去品尝，人生的酒味，
是那样的，醇香甜畅，洒脱豪放……
是你告知了苏东坡，
月有阴晴圆缺，人有悲欢离合，
此事古难全，但愿人长久。

月亮呀！月亮！你总是，那样，
静静的，缓缓的，朗朗的，
面对着潮起潮落、云卷云舒，
让芸芸众生得以繁衍；
让大地的喧嚣，得以宁静；
让浮躁狂热的血液，得以安定；
让悲伤、愁肠的人得以慰藉；
让迷茫、流浪的灵魂，得以皈依；
……

月亮呀！月亮！
时间在变，空间在变，
你却总是那样，
静静的，缓缓的，朗朗的，
面对着寒来暑往，
迎接着春去秋回。
给予人们，花开的艳丽，
收获的喜悦，爱情的甜蜜；
事业的成就，生活的甘露，
抒写着人生无限美好的憧憬！

月亮呀！月亮！你总是那样，
静静的，缓缓的，朗朗的，
去改变、伴随、坚守着一切；
你总是用，你那，慈祥仁爱的面容，
以清辉明朗的笑脸，送走南雁，
迎纳秋风，朗照白雪；
随同着，山川、河流，
聆听旷野的呼啸，看护着冬眠的小草；
让青松挺拔高洁，得到风骨的彰显；
让杨柳枝条，在朦胧的夜色中，
清影婀娜，得到诗韵的美妙；
让碧水的涟漪，闪耀着粼粼的光辉；
让夏日的荷叶，墨绿曳至天际，
使其尽情绽放生命的真谛！

月亮呀！月亮！
你默默无语的睿智，告知人们，
大千世界的芸芸众生；
树木花草，山川河流，
都是在无声无息、无穷无尽、
无静无止的延展中，
日新月异，互化轮回，
没有终点没有起点；
告知着人们，宇宙自然中，
任何形式的存在呈现，
都只是一个物化片段的闪电。
挽留不住，美梦的半步脚印，
寻觅不到幻觉中的一丝踪迹。

月亮呀！月亮！你总是那样，

静静的，缓缓的，朗朗的，
今夜的你，依然如此。
轻轻的，淡淡的，朗朗的，
只是更加增添了，
一份宁静和明朗！
更加令人思念、怀旧、坚守！
更加令人沉思、遐想、回味……

2013 年中秋于荆州古城

听嘉泰先生之言有感[1]

嘉泰先生、东升大哥，
是珞珈山上的一面旗帜。
白天的论坛意犹未尽，
晚饭之后不约而同，
围着嘉泰先生东升大哥，
围坐红红的火炉旁夜话。

他，淡淡地说着纯善之言，
珞珈兄弟姐妹入怀的，
句句都是"菜根谈"！
亲切温和的语气，带着磁性，
裹着浓厚深沉的珞珈情愫！
是饱经风霜的人生实感，
是归零者超然的胸襟。
蕴含着深邃的事业真经，
道出来的是肺腑之言。

只有血浓于水的大爱者，
只有情深似海的赤子，
才能拥有这样的心境与爱的智慧。

---

[1]嘉泰先生——陈东升，武汉大学校友。2017 年 3 月 6 日在亚布力论坛之后，陈东升与珞珈兄弟姐妹坐在一起谈他人生事业的经历。

只有修得三世福缘者，
才能聆听到此等福言。
今夜围炉中的我，
乃是人生一大幸福也！

2017 年 3 月 6 日于循善居

比什么比

我们出生于同一个故乡，
成长生活在同一个时代。
你说比，我们比什么呢？
高低长短大小远近，
这样的比有意义吗？
一切都不好下定义。

我们同行在时光的大地上，
你的路宽我的路窄，
你天天吃山珍海味；
我只有一箪食一瓢饮，
三月不知其肉味也。

你拥有广厦千万间，
巨额财富可敌王国；
我只能采菊东篱下，
望南山曲肱而枕之。
你激扬文字指点江山，
我只能以残烛孤影为伴；

你日日声色犬马灯红酒绿的绚烂，
我天天仰望蓝天夜观星空的自由。
你拥有一切的一切，
我了无一切的一切。

比什么比，比什么比？
你尽享人间荣华富贵，
却被有形的手操纵，
在固定的模式中运转。
功名利禄早与我绝情，
我能随心自由地独行，
荒野茅棚依依我陋居。

你的人生剧情旋律起伏，
一浪高过一浪的高亢，
琴断键裂于惊涛骇浪之中。
我只能伴着清风守着明月，
淡看春花烂漫秋叶落岁频；

比什么比，只有一件事，
忘不了的是清明时节，
来到坟头和你说说从前的话题。
曾记否，从五岁启蒙开始，
同行同学到你的离去，
句句话语压我三十九年。

白驹过隙弹指一挥间，
伸手一算五年又五年，
我也知道十年你不曾言语。
你的人生辉煌有无回味，
自待与你有缘的人去说评；
我自平平淡淡如清泉，
再来为你讲述五十年；

九十九岁的我来与你相会，
说说我们的谁之所言如何？

2014 年 3 月 15 日于循善居

童心通自然

——祝博昊人童心永驻

时间无情亦多情，
岁月老去光阴新。
放飞梦想的心永远年轻，
请到远离城市的乡村，
在没有电的地方定居。
让童心在自然里生长，
随着春天一起拂柳，
随着燕子一起飞舞；
到这座山上吹口气，
到那片田野绘几笔彩；
很快、很快地，
一个童话的世界……
就会让你成为自然的一部分，
白天抓蝴蝶追蜻蜓，
在原野上奔跑放风筝；
晚上听着蛙声阵阵，
对爷爷奶奶和老人们说，
爸爸在森林里寻找七个小矮人；
小蝌蚪唱歌给妈妈听；
蟋蟀不停地说天上的星星，
都是地上人的眼睛。
睡觉了，就成了精灵，
和孙悟空一起大闹天宫……

幸福的花儿[1]

幸福的花儿，
她让生活多美好！
如果你有烦恼，
可能是忘记了，
人人都有一朵，
幸福的花儿。
她让人生没有烦恼，
她让人生没有烦恼。

如果你有烦恼，
有一朵幸福的花儿，
需要你快快去寻找。
别说，忘记了，找不到……
只要你，用心地去寻找，
就一定会找到。
只要你，用心地去寻找，
就一定会找到。

幸福的花儿，
在哪里，在哪里，
她在学习工作里，
她在生活爱好里。

---

[1]看倪萍主持的电视栏目"寻亲人"，有一位失散多年的人，与亲人相聚，看到他们的幸福，有感而作。

只要你，热爱学习，热爱工作；
只要你，热爱生活，追求理想，

就一定会找到，
就一定会找到。

幸福的花儿，
她让人生活多美好！
人人都有，一朵幸福的花儿。
她就放在你的，学习工作里；
她就放在你的，生活爱好里。
快快去，快快去……
把她找到，把她找到，
放在快乐的心里，
放在快乐的心里，
让幸福的花儿绽放！
让幸福的花儿绽放！

2016 年 7 月 20 日于循善居

丙申七夕感怀

七夕，
自然的时光，
固定的空间。
年复一年的轮回，
人、物、情还能是从前吗?
亦时亦空亦人也!

今宵的七夕，
珞珈师兄妹数人;
在黄浦江畔，
举杯望月频频;
开怀畅饮不尽，
抒发久违的情义!

从嫦娥的眉宇间，
看到有两重心景，
令月费解。
人生情怀，
人生率性，
如何区分得开来……

2016 年 8 月 9 日于上海威斯汀酒店。丙申七夕之夜，在上海黄浦江
畔看霓虹灯华彩斑斓，赏光耀闪射竞辉的艘艘游弋的游船，望满天
的繁星拥抱着一轮宁静的明月。外滩陆家嘴的夜景辉煌灿烂得使游
人震撼，但整个世界是宁静的。

梦里写诗美人来

写诗，写诗！梦里写诗，
美人入诗来，婀娜多姿，
盈盈香息袭人心肺；
令精神爽朗，无暇赞美。
丽质天成，赛过四大美人；
身态眉目，尽溢童趣。
叫人，怎能不欢欣怡情……

一闭眼，一睁眼，美人！
身影倩倩，笑容依依，款款走来。
叫人，怎能不想入非非……

一转身，一抬手，一回眸，
百媚千情，万态神韵。
叫人，怎能不失魂落魄……

这是，真的吗？自言自语，
自疑自问，揉眼，扎手，
拎头发，知觉、感觉，都在呀？
眼前分明是真的
怎么会是梦呢……

2016 年 1 月 6 日于循善居

诗人拥有两个世界

——见沉河兄弟发土地流转的微信有感

沉河兄弟! ①
流转，流转②……
让一切都去流转吧!
即使再强大的流转，
他可以流转一切，
也流转不了我们，
因为我们是诗人……
诗人在诗里，任意流转一切。

沉河兄弟! 世间万物，
一切皆是梦幻泡影，
如露珠亦如闪电。
这是佛的世界被流转;
谈笑间，樯橹灰飞烟灭，
这是英雄的世界被流转;
望洋兴叹，天堑变通途，
这是时代发展的流转;

儿时的记忆成了回忆的梦，
澎湃的青春成了静坐的沉思，
这是时间的流转;

---

①沉河是一位诗人朋友的笔名。
②流转是农村土地所有权的一种变形改式。

心灵的感应，量子的纠缠，
把无言的话语传给对方，
这是空间的流转。
流转，流转……
让流转去流转吧！

沉河兄弟！
任何流转也流转不了我们。
因为我们是诗人！
我们顺应一切的流转，
这是我们认识了流转。
让他们去流转，这是我们的胸怀。
诗人们庄重的告知流转者，
他们在这个世界流转诗人，
诗人在另外的世界流转他们。

沉河兄弟！上天创造世界是平的。
让被流转的人们，
都来和我们一起做诗人吧！
诗人拥有两个世界，
可以在诗中任意流转一切。
他们流转我们一次，
我们流转他们千万次。
让流转者见到我们诗人，
胆战心惊……
让流转者看到我们诗人，
去望洋兴叹吧……

春茶之韵

当温暖柔和的春风
带着妙龄少女的体香
徐徐拂面地吹来
吹到凤山的岗岭上
挠得满园茶树吱吱痒
忍不住地笑出了蓓蕊
这可爱的容姿迷醉了春风
便化作绵绵小雨霏霏
更是起劲得意地逗趣乐
将春天浓浓的爱意缠绕
在茶树的茶蕊之上

春，用最温柔的湿吻
滋润她的嘴唇与眉梢
让茶蕊之心，花儿绽放出
幸福喜悦的嫩芽芽
放眼望去满岗的莲心雀芽
鲜翠欲滴的色彩漫山
远远胜过一片花的海洋

清新碧绿的芽瓣儿
片片纯粹如晶莹剔透的翡翠
美得让人窒息的宁静
感觉用什么语言和文字
来形容都是苍白无力的
只能轻轻说一句简单的话

她就是春天气息的全部

蕴含了一切神韵的鸣春茶

令人想喝一口的诱惑

让满嘴都溢淌着垂涎的涟漪……

2017 年 4 月 1 日于上班的路上

独处时的话白

匆匆忙忙的主呀
请给自己一点独处的时间
独处的时候，心便会安静
安静下来的心，就能回归自我的状态
回归自我的状态，就能看见自我的灵魂
就能让灵魂回归家园
就能知道安身立命的坐标

独处的时候，是在创造
灵魂安静生长的空间
让灵魂得到安静的生长
心灵才会洁净，心智才会成熟
心怀才会旷怡，人生才会达观
安身立命的人生才能得到彰显

拥有了独处的时间
灵魂才能生长
在安静中生长着的灵魂
是人生的一种修为，是人生的一种静美
如果能够让灵魂，在独处里安然生长
就能在喧嚣中淡然，就是人生的大自在的体现

2017 年 8 月 24 日于慧心酒店

写梦中诗境

梦里写诗，
思如钱塘江潮涌。
诗情在手中的笔下狂抒，
波澜壮阔，如同，
无以穷尽的野马，
在无边无垠的草原上奔驰；
如同，轰隆隆的雷声，
在无边无际的天空中炸响；
如同，火山爆发的烈焰冲霄；
如同，卷天的巨浪咆哮而来；
如同，如同……
它们的到来，地球在呻吟，
宇宙在呐喊，在咆哮，在嘶吼，
世界的末日来了……

在漆黑笼罩下的空间，
一道道闪电像利剑刺破长空。
从瞬间的光亮中看见，
吞噬着宇宙空间的巨浪。
让心灵潜意识地感知，
它卷天而来的目的，
就是摧毁天地的所有。
可以感知到的世界，
都在呻吟，都在嘶吼，
都在与最后的灭亡抗争；
疾呼，呐喊，摧毁声、抗呼声，

重叠交织的沉吟与高亢……
让疯狂的摧毁来得更猛烈些吧！
让被灭亡的我更悲惨壮烈些吧！

就在蘑菇云升腾弥漫之时，
就在宇宙世界接受毁灭之时，
就在所有生命即将涅槃之时，
忽然间，风静浪止，
明月朗照，蛙声阵阵，蝉曲悠悠……
沿湖岸边，翠柳依依之下，
一群一群的美人款款走来；
婀娜多姿，香息袭人，
丽质天成个个赛西施。
天地间，一派自然祥和，
完全是一个童话的世界。

梦醒之后诗外话白：
生和死一命所系；
南极北极，同在一点而始终；
天堂地狱，一间屋子隔成两部分而已！
心之所至，相之所生；
我心乃宇宙，宇宙是我心；
一切法门的钥匙，
都放在心的性情频道中，
被自由的灵魂无意识地操纵。

2016 年 1 月 6 日于循善居

一句话

一句话，是良言，
三个冬天都温暖；
一句话，是恶语，
六月盛夏也寒怵。

一句话，很容易。
谁能一天不说话？
逢知己，无穷无尽；
一句话，很艰难，
木讷时，撬口难开；
也有话不投机半句多，
也有生顾忌，欲言而止。

一句话，爸爸、妈妈。
婴儿的咿呀之语，
让幸福和快乐，
从心里流淌洋溢。

一句话，今天约个会，
花前月下漫步，
垂柳湖边徜徉，
相依携手蜜语，
温心陶醉遐想，
憧憬着未来的美好……

一句话，我爱你！

需要多么大的勇气和胆量；
需要努力克服多少，
困难后的笃行，
才能使这句话，
说得真挚厚重，
才能不显得轻浮和随意，
才能与"我爱你"的，
实质与内涵相对应。

一句话，是哥们!
你的事就是我的事!
是深情厚谊的表达，
是责任的勇于承担，
是信任的毋庸置疑，
是不分彼此的面对，
是人性高贵的彰显。

一句话，没能表白，
导致遗憾终生，
望着心仪的恋人远去，
看着消失的背影，
在痛苦的时光中彷徨；
从此失去了高亢的斗志，
萎靡了奋进的精神，
心情忧郁，摧毁了意志。
生活的感受如同蜡味，
人生的时光沉浸于后悔，
或是在惩罚自己中随波逐流。

一句话，对不起!

平凡的话中，
却拥有着神奇的力量。
多少怨恨的雾霾，
顷刻之间，不见踪迹，
阳光灿烂，晴空万里。
敌对的心，相依相偎，
多少愤怒的道理，
全部化成泡影；
感情友谊更胜从前，
这就是人生的宽怀胸襟。

一句话，人生的真言。
无论你是向前退后，
还是向左向右，
只要是真正的领会，
哪怕是一句诺言：
一个追求的信念，
用一生的时间去实现。
这个过程中的困难艰险，
只能影响前进的速度，
和实现愿望的时间，
却无法阻挡追求者的行为。

一句话，并且坚信，
过程越是坎坷，道路越是艰险，
赋予人生的滋味，
会更加快乐！更加令人回味！
面对追求者此样的行为，
无论对错，都是色彩斑斓的人生光辉！
都无须去理论长短……

孔子曰："朝闻道，夕死可矣!"
还需要做什么诠释或思辨?

2014 年 10 月 2 日于珞珈山。在第一届珞珈论坛时与武汉大学应惟伟坐在一起，他对我说："在今天的晚宴庆祝会上，仲廉兄你得写一首诗朗诵给大家听。"我说："不行，不行!"他说："一定要写，又不要很长，哪怕一句话。"我被他的此语启发，写了这首《一句话》，并于晚宴上朗诵而免了喝酒。

人生的自然与坦然

世界的万物皆自然
不要去诠释和追寻
存在变幻的所以然
质疑时而短暂时而漫长
人生为何要有
许多的神秘与不解
如同同行的人们
走着、走着，就散了
迷恋的事情
看着、看着，就淡了
美好的梦想
做着、做着，就没了
悲伤的眼泪
流着、流着，就干了
这一切的一切……
你能把它说个尽然吗？

诉说人生的渴望与现象
原本就是茫茫宇宙之中
无穷无尽的沧桑与欢喜的惆怅
被造化自然的老儿游戏着
只不过是他扬起的微微尘埃
需要的是你去思考和面对
舞姿曼妙间，刹那的精彩
别辜负欣赏气聚而成的努力
只顾回眸那些世态的炎凉

演绎成甜苦辣酸的忧伤
把人生与自然相悖逆
去掉思维的喜欢和爱欲的追求
不用去问幡动还是风动
保持平常的心恒定地跳动

静静地待在时光寂宁的深处
看草木随着年轮沉思
看繁花盛开时的姹紫嫣红
看落叶凋谢后归入泥层
不用去感慨世间的烟火沧桑
即使在面对生活的阡陌
也不要幻想着去改变过去
曾经纵横交错的忆往情怀
坚持让自己淡然到极致
坚持让自己舒缓安静到极致
独自卧在荒原明月的深夜
听淡然的灵魂与内心对白
还会有什么让你看不通透
绝不是心中有了桃花源
还见不到水云间的风景
这就是人生的自然与坦然

2017 年 11 月 18 日于循善居

土司女子怨

青山间，土司楼，
落尘女子几多愁；
瞭望台上望沧海，
云雾茫茫，
天涯望断，
独倚黄昏后。

日相思，夜更浓，
囚身高墙怨；
穷尽春秋，思悠悠！
何时归有期？
芭蕉细雨渐泪流，
孤灯悲我泣。

2018年6月21日于循善居。作者在恩施参观一土司城，听到土司城
里被土司抢来女子的故事，有感而作，以安慰一下这千年前的哀怨
女子愁。

秋风起·江城子

暑退凉生，
秋意浓。
阵风四起，
苍老了梧桐。
浮云闲淡，
寒烟笼，
衰花儿娇容。
清荷入帘，
来年能重逢？

蝉歇雁鸣，
枫叶红。
秋高气爽，
独秀了芙蓉。
晚霞映照，
沙鸥飞，
东湖水天一色。
举杯邀月，
悠然江城中。

2018 年 8 月 23 日于东湖磨山

致亚布力①

世界的东方，
中华的北边，
有个地方叫"亚布力"。
虽然位于寒冷的地域，
却让来到这里的人们，
倍感温暖如祖国的海南。
因为这里的山，
这里的森林，
这里的雪原，
都饱含珞珈人的情怀；
就连阳光下的空气，
也有珞珈人的诗意在澎湃。

"亚布力"的诞生，
来自于田源世界②，
定位于东升地带③，

---

①亚布力，指地名，也指亚布力论坛。亚布力是中国企业家论坛的发祥地，也是著名的滑雪圣地，是将改革开放以来驰骋商界的风云人物紧密联系起来的一个地点。亚布力论坛是中国企业家思想自由飞扬的平台，有"东方达沃斯"之美誉。
②田源，既谐音自然田园美景，也指武汉大学校友田源其人，亚布力论坛是由田源创办的。
③东升，既指自然的方位区域，又指武汉大学校友陈东升先生，也指陈东升与"亚布力"的实际关系。

飘扬于振华时代①。
这都是珞珈人的精彩，
这都是武汉大学的风骨，
谱写演奏出来的乐章华篇。

武汉大学的现在，
天空湛蓝深远，
比天空更广阔的是，
韩进的胸怀②；
武汉大学的现在，
朝阳灿烂无边，
比朝阳更豪迈的是，
李晓红的情怀③。
乘着改革开放的春风，
站在放眼全球的视野。

用互联网的速度，
楚人的担当和精神，
展现中华五千年的智慧；
以披荆斩棘开启山林的作为，
昂首阔步走向海外，
服务世界引航未来。
振华"亚布力"，
"亚布力"振华！

---

①振华，既指振兴中华的信念和理想，又指武汉大学校友毛振华先生，
亚布力论坛现在由毛振华接管了。
②韩进，武汉大学党委书记。
③李晓红，曾任武汉大学校长。

不忘初心，坚持不懈地努力；

今天，在这里鸣笛扬帆，

驶向辉煌灿烂的未来！

2016 年 3 月 3 日于亚布力作。亚布力是武汉大学杰出校友毛振华的一个企业所在地，每年的冬天毛振华都邀请校友们到这里来相聚、交流、学习、碰撞思想、延续友谊、升华感情、相互合作，促进校友们人生事业的发展。滑雪休息时毛振华对我说：余仲廉，你不滑雪，得作诗一首。故作此诗。

少君兄心里的秘密①
—— 少君发伯竑桥的诗有感

少君是良师，亦是益友
也是一匹千里马
更是当今诗坛的伯乐
能从草原上直飞云霄
俯览环视成长的后生
甘为引航指路的导师
解开困陷马槽幼驹的缰绳
让骏马奔驰于广袤的草原
掰开雌鸡的壳，助其涅槃
蜕变成翱翔苍穹的鲲鹏
让伯乐的笑声在林子里回荡②
呼唤着沙漠的奇迹繁衍③
他告知世人背后的背后④
是诗人心中最向往的地方
他喜欢聆听珞珈的鸟鸣声⑤

---

①少君指《诗刊》的主编李少君。他培养了许多的年青诗人，特别是他能发现可能成为诗人的苗子。

②"在林子里回荡"，是李少君《傍晚》中的诗句。

③李少君《沙漠奇迹》中的诗句。

④"背后"是李少君诗《神降临的小站》中频繁使用的词。

⑤李少君《珞珈山的鸟鸣》中的诗句。

他说他来自诗的发源地①
有一个无人知晓的秘密
请诗人向全世界公开宣布
依靠在院子木瓜树下②
拿着书卷的一个女孩子
是一个有背景的人③

2017 年 9 月 27 日于珞珈山

①"诗的发源地"是李少君对母校武汉大学所在地珞珈山的赞美。
②"院子木瓜树下"是李少君《抒怀》中的句子。
③李少君有一首诗名是"我是一个有背景的人"。

我的另一半

我的另一半，
你为何总是这样？
你美丽的身姿，
我只能在闭着眼睛的时候，
静静地用心才能来把你观赏。
只要我睁开眼帘，
却连你离去的背影，
消失在何方都无法判断。

我的另一半，
你为何总是这样？
你美妙的声音，
我只能在闭着眼睛的时候，
静静地用心才能来把它聆听。
只要我睁开眼帘，
你美妙动听的旋律，
就会戛然而止，
无法寻觅到一丝余音的回绕。

我的另一半，
你为何总是这样？
当我想对你说上一句心中的话，
想表达一句关心的语言，
我的心思还未化作声音，
你却隐身而去……
当我想抚摸一下你，

手尚未伸出时，
你却早已影无踪迹。

我的另一半，
你总是这样，
才让我明白了，
你给我的权利。
只能是闭着眼睛，
静静地用心和灵魂，
去看去听去感知。
我们只能这样相处，
这是前世的因果所做的决定。

我的另一半，
我现在明白了，
我现在也理解了，
我也一直遵循着这样的原则。
但是今世的人生，
已经快到了终结的尽头，
此生的我早已无所奢求。
只是希望在梦里，
能够和你把话说透。
来生来世的我们，
在何处，在何处？
才能有个圆满的归宿？

2016 年 10 月 16 日于循善居

旗袍，美无言

她的美，无以言说
她惊艳的美摄人魂魄
诱惑心神让人想入非非
她的高贵、圣洁、庄重
震撼心灵，升华人格人性
驱逐邪念蒙生的雾霾
让真善美的阳光灿烂

她的美无法比拟
东方女性美
她表现得淋漓尽致
在朦胧的线条中彰显高贵
把她与生俱来的艳丽内涵
用无声无息的语言溢彩
孤傲、柔韧、任性、和婉……
将美的渴望推至不可企盼

她的美无与伦比
是自然中无言的大美
大美在中国的山水间
孕育了博大精深的文化
精深博大的中国文化
润泽了无与伦比的她
她是从山川河流中走来
她是从华夏文明中走来

她的美无与伦比，是因为
山川河流自然的美
就是她大美的源泉
古老精深的华夏文明
就是她大美的神韵
美得无与伦比的旗袍
是东方女性美的化身展现
它随着她的美而灵动

她携袖一动，暗香流韵
溢漫出深深浅浅的心事
是穿越时空岁月的风尘
在身后留下一路彩虹
透过流年的缝隙帷幔
吟唱古月抚琴的韵律
像演奏一阕古老的旧词
又像是一首婉约的情诗

它和她的美无与伦比
道不明，说不清，互为映衬
不知究竟是女人诠释了旗袍
还是旗袍成全了女人
婀娜多姿与风情万种的妩媚
无论她们在何时何地
都是最清鲜靓丽的风景
都是最完美流动的彩虹
都是真善美的诗情画意

她和它的美无以言尽
她和它的美无法比拟

她和它的美无与伦比
你拥有多少发现美的智慧
她就有多少美的风采展现
你拥有多少欣赏美的潜能
她的美就能为你展示多少才华
只要有男人和女人的存在
她和它的美就会不断地绽放惊艳华彩

2018 年 6 月 9 日于循善居

他爱珞珈山的一切

珞珈山的欢声笑语，
数也数不清……
此次相聚一堂，
各自率性尽欢颜。
只有吴晓①与众不同，
他的心是在含羞吗?
今天呈现的表情，
令人费解……
他的脸泛着朱色的红晕，
只有吴晓自己明白。
从他兴奋溢彩的眼神里，
可以看到，不用去分析他
今天滔滔不绝的话语。
不用去借助谁的诗词，
来表达他此时的心况。
只要读懂了他眼光中的味道，
就可以理解他，
爱着珞珈山的一切。
并且爱得很深，很深，
因为他每句话，
从未离开珞珈两个字。
也可以理解成他是醉了……

2017 年 2 月 1 日于循善居

---

①吴晓，武汉大学校友。

博昊家园①

博昊学子们，快来！
快来，一起分享。
今天的我，走进博昊家园，
看见的景色，正如当下时节。
初夏明媚的阳光，
繁花锦簇，花香鸟语，
莺歌燕舞，碧叶蓬勃。
一派欣欣向荣，一派人间祥和，
一派美景充溢满世界，
清爽、惬意、迷人……

博昊学子们，快来！
快来，一起分享。
这是你们的家园，
你们是园里的景点，
都是我们的唯一。
少了一个人，
就少了一分精彩，
就少了一个唯一；
就给博昊家园中，
留下了一个遗憾！

---

①博昊为笔者的慈善基金会名字，博昊家园即为笔者资助的学子们
建立的一个交流平台。

快来，一起分享！
回了家的成员，都在，
欢迎你们快来家园。
欣赏园中迷人的风景，
欣赏他们成长的美丽；
享受家园里的
阳光和春风的沐浴。

快来，一起展现！
回了家的成员，都在，
企盼你们快快来家园。
等待着见证你们的精彩！
分享激动的心情和喜悦的笑脸！
等待着和你们一起，
共同绘制博昊的梦想蓝图。
让博昊家园成为，
我们最幸福美好的人生家园！

2016 年 6 月 21 日于博昊家园

安静的心

此生修得一颗安静的心
让来世不再迷惘重重
让生命不再喘着粗气
可以慢慢享受风轻云淡的时光
让琐碎的日子变得安安静静
观照自己的内心世界
是否符合儿童的想象
让山去做水的坐标长满青翠
让云去做风的伴侣欢歌起舞
让自己的心和愉悦去促膝长谈
告诉星星它不仅是夜的故事
告诉太阳它不是唯一的发光发热物
所有的情感也不只是爱的表现
不要去解读生命旅途中的故事
编辑古老的传说与现实的融合
佛说正觉正悟是吃饭穿衣睡觉
同日月来去自如的生养繁息
永远保持一颗安静的心
就是对人生意义最好的诠释

2017 年 11 月 18 日于循善居

和影谈心

和影谈心，什么话都可以说。
有愤怒只管发泄，
他会让你慢慢地归入平静；
有委屈只管倾诉，
他会静静地聆听，
在悄然中抚平你的心灵。

影，你只管放心地信赖他。
你说的任何思想和观点，
他都会用默认的方式赞同；
哪怕你诅咒整个世界，
他也会坚定地和你保持一致。

你的思想和行为走向极端，
他也会随着你的气息，
潜入到你的身体，对你进行调频。
让你看清事情的本质，
让你根据需要，放大和缩小，
或远或近，或前进或停止……

如果你走进了黑暗，
他会和你融为一体。
让谁也看不清你的面目，
他忠贞不贰地维护你。

请记住哲学家的格言：

和影谈心最能看清自己，

谈一次收获一次……

2016 年 9 月 1 日

千年等一回

人生的夫妻情缘
千年等一回
我心中的玛丽亚
北京的天仙女
我带着千年的情缘
乘坐东京的晨曦来了

人生的夫妻情缘
一千年才能重回
我深深地相信
你一定清楚地记得
留在富士山顶的微笑
就是对我的许诺

你美好的许愿
在月落日升中灿烂
在宇宙时空里弥漫
令我沉思遐想陶醉
让我苦苦地追寻了
一千零一年的渴望

今日早上迎面的和风
轻轻地吹开了我
被遮住心灵的雾霾
让我看到了海德格尔
森林空地中的阳光

映照出蒙娜丽莎的微笑

她展现的是神秘与诱惑
而你绽放的微笑却来自
珠穆朗玛峰顶的雪莲花
是天使般的纯真圣洁
洗涤润化着我的身心
指引我执着追求的灵魂

跪拜在布达拉宫的殿堂
虔诚地祈求班禅
请赋予我智慧和力量
请赋予我勇气和胆量
请告知我深深爱着的爱神
属于我的白雪公主

她居住在什么地方
我已做好了准备
我已收好了行囊
带着大阪的樱花仙韵
来了，来了，寻找来了
这是一千零一年的情缘

我深深爱着的心上人
这是一千零一年的情缘
我乘坐东京晨曦的光芒
来到了辉煌的紫禁城
恳请我心中的女神
成全我心中的夙愿吧

我亲爱的北京姑娘
你是我生命的全部
你是我生活的全部
我已等待了一千零一年
让我牵着你的手乘坐彩云
到天荒地老……到地老天荒

2016 年 7 月 25 日与江黎明、寒宏、楚天舒等在日本东京，见到日本
友人安达。此诗根据安达与北京姑娘的爱情故事创作。

满江红

——戊戌年，在江城东湖循善居纪念 9·18

和风吹，
阳光暖。
一回眸，
满腔热血涌心头，
三百多年来，
中华民族受屈辱。
国土沦陷，
生灵涂炭，
多少同胞冤魂，
在齐吼！

神气定，
静沉思。
真理说，
人间正道是沧桑。
国人当铭记，
只有发展是道理，
驱遍虎豹，
灭尽豺狼，
安得国运昌盛，
当自强！

2018 年 9 月 18 日

富春·时间篇①

富春季节到，万物齐欣然。
黄鹂鸣翠柳，燕子闹春欢。
蝴蝶花上舞，蜻蜓荷尖立。
清澈透湖底，绿草茂岸堤。
鱼儿一群群，分作团团游。
时时逗趣乐，卷卷画涟漪。
绘波光粼粼，荡漾至天尽。
唤暖风阵阵，裹清香幽幽。
熏行人酥酥，醉心神绵绵。
河边杨枝下，静坐垂钓翁。
凝望旷野上，孩童接连至。
书包田埂扔，急放纸鸢飞。
迷得老翁痴，鱼竿随鱼游。
此身在何处？浑然全不知。
人生何所是？当下皆诗意。
观天真少年，忘却垂钓翁！
心入返璞境，童趣尽般若。
无知便是知，忘我见我真。

2012 年 4 月 26 日于武汉大学哲学院

---

① 《富春·时间篇》是《富春·空间篇》的姊妹篇，既引用武汉大学哲学院彭富春教授的名，也指"富春"时节。写自然中的美丽景色，也是借此来感知彭富春教授的哲学美学思想。

富春·空间篇①

富春时节
诗意地栖息②
像樱顶的红木窗
充满灵犀
漫无目的地
往山间小径去
寻觅技道游戏

富春时节
诗意地栖息
也让思想的大道
引华夏文人雅士
游思维的山水
赏精神的家园
品美学的魂韵
让心回归自然的本源

2010 年 4 月 26 日于珞珈山哲学院

---

① "富春"既指时间，又指武汉大学哲学院美学教授彭富春的名字。
既指富春季节的自然美，又指美学思想的美。
② 德国古典诗人荷尔德林的诗句，哲学家海德格尔借诠释他的诗来
解读存在主义，又以存在的维度解读诗，他追求精神上的存在说，"居
住"以神性的尺度规范自身，以神性的光芒映射精神的永恒。

珞珈兄弟情^①

亲爱的珞珈兄弟，
我想对你说：我们是哥们！
当我们在战场，
就是生死与共的战友！
当我们在他国异域，
就是一脉相传的华夏子孙！

亲爱的珞珈兄弟，我想对你说：
我们同在一个时代，
肩负着同时代的责任；
我们的生命，同属一个民族；
我们的人生，
就是实现梦想追求真理！

亲爱的珞珈兄弟，我想对你说：
我们都是珞珈人！
因为，我们的人生，走的是同一条路。
无论有多长，我都陪你走完，走完；
遇到困难，我们一起努力，努力；

----

①2016年3月27日于海南文昌劝楚天舒留下而作。武汉大学应海南众
多校友之邀请，于2016年3月27日，在海南文昌市成立"武汉大学
环境生态产业联盟"。当天从全国各地来了几十位武汉大学的知名
校友，大家欢聚在一起。此时楚天舒因有事要离别，大家都挽留不
住，即叫我作一首挽留他的诗。

遇到高山，我们一起攀登，翻越；
遇到河流，我们一起涉水，渡过；
遇到开心，我们一起欢笑，快乐；
遇到阳光，我们一起沐浴，享受！
无论是什么……
我们都在一起同甘共苦，并肩前行！

亲爱的兄弟，我想对你说：
因为，我们是珞珈兄弟！
有着同样的人生理想。
你想去远行，我陪你到天南地北；
你想独处，我陪你到海枯石烂；
你想谈心，我陪你到地老天荒；
你想熬夜，我陪你到天昏地暗；
你想喝酒，我陪你到一醉方休；
无论是什么……我们都在一起。
只有一个共同的心愿，
那就是实现人生的理想，
追求真理，追求幸福，
传播正能量，承担起时代的责任，
无愧于我们的一生，
这就是珞珈人的精神！

2016 年 7 月 18 日改于循善居

中秋怀月

年复一年中秋日，
天下共此时，
海上生明月。
古人不见今时月，
今月曾经照古人。
古月今月无所变，
它给天下的人们，
总是那亘古的宁静。
但有谁能
说得清楚？道得明白？
在它的宁静中，
没有话语！
没有诗意！
没有智慧……
不然怎么会
让一代一代的人们，
会在面对它的时候
依恋，沉思，遐想，寄予……

2015 年 3 月 9 日

莫让时间随意流淌^①

毛兄呀！毛兄！
莫让时间随意流淌。
常言的话语说得妙，
天有不测之风云，
人有无常的心境。
莫要被当下变幻所困扰，
不管东南西北风，
还是阳光明媚雨蒙蒙，
都是我们生活彩色的点缀。
多一点，少一点，
全都是在寻觅我们的心儿美。
错了，对了，不尽人意，
都是一样，飞逝而去，
影响不了，一颗追求快乐的心！

毛兄呀！毛兄！ 天公不作美，
飞机延误，延误……
何时起飞不能确定，
但时间却在静静地流淌。
热爱生活，珍惜时间，
借问蜉蝣辈，宁知龟雀年？
莫让珍贵的时间，随意流淌……

---

① 7 月初武汉突降百年难遇的大暴雨，城市积水，机场停航，毛振华校友在机场被困一天一夜，笔者赠诗作陪。

我认为应该抓紧通知
蹇宏、天舒、邓江①，
带上德州扑克牌……
还应该邀约阎志、少君②，
来把诗歌吟唱……
最好是通知学生们，
上课的教室搬到了机场……

毛兄呀！毛兄！
请切莫被当下所困恼，
我先作此诗来陪伴。
让你享受惬意的美好，
切莫让时间随意流淌，
我们昨天相聚的时光，
并没有走多远，一声呼唤！
张张欢欣吟唱的笑脸，
在盎然诗意中变化的容颜，
是多么的令人激动难忘……

2016 年 7 月 1 日于循善居

---

① 蹇宏、天舒、邓江，武汉大学校友。
② 阎志，武汉大学校友。少君，李少君，武汉大学校友。

祝酒词

女士们，先生们!
请今天有缘相聚的人们!
端起碧透碧透的香槟酒,
端起殷红殷红的葡萄酒,
端起醇香醇香的茅台酒,
……

为了我们开心的喜悦,
为了我们难忘的回忆,
为了我们理想的希望,
为了我们那说不完的友谊和情怀
……

会演讲的用语言表达,
会演唱的用歌声传递,
会演奏的用形体传播,
会写诗的用文字吟诵,
……

如果语言歌声文字,
都不能够描绘和抒发,
心中的情感和情怀,
就让我们举起酒杯,
大声地连呼三声,
干杯、干杯! 干杯!

让我们痛快地畅饮！畅饮个痛快！
让我们释怀心中的一切，
让我们心中的一切都释怀，
让我们的人生，有过一次彻底的痛快！

请高高地举起酒杯，
开怀畅饮，开怀畅饮，
今天的誓言：醉到不知归，
醉到不知归……
醉吧！醉到醺醺大醉！
醉吧！醉到酩酊大醉！
醉吧！越醉越痛快，
越醉越痛快……

2016 年 12 月 16 日

少君来了快开门

——读少君转发"鸟不叫了，关窗吧"及读石心、陈勇的跟帖有感①

少君来了，快开门！
现在？是的。
开门，请快点开门！
让珞珈山热闹起来……

门开了，少君呢？
在石心、陈勇……
海南云②的后面吧！
没有，没有呀！

你看，校园到处，
都洋溢着青春的脸。
少君在樱花树下，
牵着一群师妹的眼神在舞蹈。

你看，少君他去了
梅园，枫园，桂园，樱园③，
和兄弟们狂欢！拥抱在一起。
被激动的人们，
一次一次地抛得老高、老高。

---

①石心，本名龚永松，武汉大学校友。陈勇，武汉大学校友。
②海南云，一位珞珈诗人的笔名。
③梅园，枫园，桂园，樱园，均为武汉大学地名。

你看，人们都涌向梅园小操场，
是有人在作演讲，
是要放《女大学生宿舍》①的电影了……
是少君在高高的舞台上，
大声地吟唱珞珈山的鸟鸣。

美丽的东湖涌起波涛，
武汉大学成了诗的海洋。
珞珈山是诗意的发源地，
是诗情的发生地，
是诗人的出生地。
珞珈诗派在这里影响世界，
铸就着珞珈诗人的灿烂与辉煌！
它是一座诗人的诗意之山——珞珈山，
是未来诗人们朝拜的圣山。

2017 年 2 月 1 日于循善居

①《女大学生宿舍》是武大校友喻杉的作品，被拍成了电影。

我们都来了①

——献给武汉大学首届全球校友会特邀代表纽约论坛

为了共同的情怀，我们都来了！
请不要问，有谁没有来？
有你的地方，就有我；
有我的时候，就有你！
我们都是珞珈人！
我们最好的青春年华，
是在同一个地方度过的！
吃的是同样口味的饭菜；
饮的水，也是同一个源头；
呼吸的空气，同样的鲜活；
我们自由地行走在同一片蓝天下，
沐浴着同样的阳光，共同成长！
我们拥有一个共同的美好家园，
那就是武汉大学的——珞珈山！

有谁没有来？请不要问，
有你的时候，就有我；
有我的地方，就有你！
我们都是珞珈人！

---

①2016年6月12日，武汉大学首届全球校友会纽约论坛在曼哈顿召开，会前组委会多次邀请我出席，我由于签证的原因不能前往参加。故写此诗表达我对因签证原因不能与会的歉意及对本次校友会的祝福。

谁说，谁没有来？
谁说，我没有来？
说这话的人，一定是珞珈骄子！
我来了，才不会让你看见！
因为，我对你有着很多想法，
凭什么，荧光灯对着你！
凭什么，人们的眼神、微笑也对着你！
凭什么，大家都听你说……
算了，我不会和你计较，
请你暂停话语！听我来说几句：

我们都是珞珈人！
有你的地方，就有我；
有我的时候，就有你！
我们始终都在一起！
我在哪里，现在告诉你！
我在师弟们
那阳光灿烂的笑容里！
我在师妹们
那甜美微笑的酒窝里！
我在珞珈人
那激动欢呼的掌声里！
我在武大校歌
那悠扬激越的曲调里！

我们都是珞珈人！
你来了，带着我，
我来了，带着你！

你问我，在哪里？

我告诉你，我和你在一起！

你在台上的精彩人生，

那是你在展示我的才华；

你在台下的缄默沉思，

那是你在品味我的诗意；

你与大家一一地握手，

那是你在传递我的友情；

你端着酒杯一一地碰响，

那是你在表达着我的情感的友谊！

我们都是珞珈人！

有你的时候，就有我；

有我的地方，就有你！

我们都来了！

带着珞珈山的记忆，

国立武汉大学，

这是我们共同的精神家园！

我们走的是同样的路；

唱的是同样的歌；在这里度过

最美好的青春年华！

我们的梦想，有着同样的起点……

我们都是珞珈人！

带着珞珈的记忆和情怀！

周游着世界，追寻着理想！

探索着真理，追求着人生！

但我们都记得，珞珈山的樱花，

为什么？岁岁年年的绽放，

都是那样地具有魅力！

那是因为它，是用无数中华儿女，

屈辱的鲜血浇灌出来的美丽！

梧桐高洁，青松挺拔，枫叶如霞……

这都是珞珈山人的气节与风骨！

毛泽东的字[①]，

蒋介石的住所[②]，

周恩来、郭沫若等人的旧居[③]，

这都是人文、精神和历史；

张之洞、李四光、闻一多[④]，

他们的选址、取名、更名，

还有沈祝山[⑤]的心愿……

这些都是偶然和巧合吗？

不是，不是的！当然不是！

---

①武汉大学校徽中的"武汉大学"四个字来源于毛泽东的字。

② 1938 年武汉会战期间，蒋介石和宋美龄曾寓居武汉大学半山庐。

③ 1938 年武汉会战期间，周恩来和邓颖超曾寓居珞珈山"十八栋"。
郭沫若也曾寓居珞珈山"十八栋"，与周恩来比邻而居。

④张之洞，字孝达，号香涛，晚清名臣，洋务运动代表。李四光，
原名仲揆，湖北黄冈人，蒙古族，中国地质力学的创立者，中国现
代地球科学和地质工作的主要领导人和奠基人之一。闻一多，字友三，
生于湖北省黄冈市浠水县，中国现代伟大的爱国主义者，新月派代
表诗人和学者。

⑤沈祝山，民国时期商人、慈善家。曾负责武汉大学的修建。

是时代需要他们，
是他们领悟了时代的需要！
用自己的智慧和担当，
为时代创造出来的奇迹！

由于时间的流逝，拉开了
我们和他们的距离，
使当下的有些人，
看不到、达不到历史的高度，
认为是巧合，是机缘。
那我就请问，请回答，
田源开创的亚布力；
毛振华开创的中诚信；
陈东升凿刻的珞珈山之"始"字，
等等，这些是巧合、是机遇吗？
我告诉你，当然是。
是他们的智慧和担当，
是他们看到了，时代的机遇和巧合，
是他们带着珞珈人的使命，
将自己顺应到了，
时代的机遇和巧合之中！

大师兄陈东升常说，
感谢这个伟大的时代！
成就了我们的事业与人生！
而我要说的是，
感谢珞珈山的骄子们！
是你们，让我们拥有了，

骄傲、荣誉和自信！
是你们，指引着我们，
在人生岔路处做出正确的选择！
是你们，在不断为我们的人生充电！
是你们，在不断地激励我们努力、奋起！
是你们，让我们看到了，
从一到九的不断刷新与前进！
是你们，让我们见证了，
许多从零到一的突破和新生！

今天，纽约校友的盛会，
就是从零到一的突破与新生！
我们都是珞珈人！
我们共同的母校武汉大学，
是敢为人先的精神支柱，
是铸就珞珈灵魂的工程师，
是赋予珞珈人思想和风骨的生产线！
我们伟大的武汉大学，
用从零到一的信念追求，
永远鼓舞着我们珞珈人，
传承和弘扬着时代的精神！

它的宗旨就是让我们，
每一个珞珈人，
在生命的每一天里，
都绽放出美丽的光彩！
不断地盛开出，时代更鲜艳的花朵！
当你们掌声响起的时候，

请不要说，我没有来！

或说还有谁没有来呀！

我们都是珞珈人！无论是在纽约，

还是在瑞士、巴黎、伦敦、莫斯科，

还是在未来的宇宙世界，

我们永远都在一起！

因为我们，有着同一个身份，

珞珈人！

请我们大声齐呼一个名字，

武汉大学，

伟大的武汉大学，

万岁！万岁！万万岁！

2016 年 6 月 12 日早上 5 点至 8 点于循善居

元旦祝词

文字虽无墨香，
其意祈愿徜徉。
唯有华灯伴星辉，
举目间看祝福流淌；
新年伊始时光，
心中情谊激荡。
愿全天下的中华儿女，
一生一世拥抱健康！
永享阖家欢乐的天伦！
实现人生的所有理想。
从元旦开始，
幸福美满到无法阻挡！

2017 年 12 月 30 日于循善居

沁园春·国庆

神州大地，
海晏河清，万里晴空。
望红日高悬，普天同庆；
秋高气爽，欢歌齐颂。
国家富强，百姓幸福，
坚持开放是铁律。
大中华，全民奔小康，
和平一统。

举国奋发向上，
引霸权主义惧惊恐。
忆峥嵘岁月，
生灵涂炭；
列强与我，水火不容。
江河血染，仿佛昨天，
屈辱历历满汗青。
要清醒，
只有共产党，
领导人民。

2018 年 9 月 30 日于循善居

珞珈双骄①

——献给张彤和雷军

静谧的樱园宿舍里，
一位手执书卷的女生；
沉思书中故事的内容，
走到窗前伫立凝视，
慢慢地推开两扇窗扉；
让思维随着眼神游览，
观樱花树的枝叶婆娑；
看着摇曳轻盈的身姿，
舒缓地绽放她春天的花期。

透过樱花树的间隙，
空旷的梅园操场上，
一位英俊的青年，
紧握着书来回地踱步，
硅谷之火在胸中燃烧；
化成彻夜难眠的能量，
驱动着刚毅的步履前行，
寻觅着春天里的精神，
想重塑一个未来的世界……

此时此境中的花季少女，
心中荡漾起绵绵的情愫，

---

① 张彤、雷军是夫妻，都是武汉大学校友。

难道这就是上天的旨意，
他是开启灵犀密码的王子……
你看，是的，是他，是他！
无形的磁场，让相印的心，
展开比翼双飞的翅膀，
翱翔于人生靛蓝的天空，
天造地设的旅程，就这样地开始了，
赋予他们人生意义的使命，
把爱情事业铸就成经典！

2017 年 3 月 21 日于珞珈山

诗情狂

诗情昂，
词情昂，
诗词情怀皆高亢。
牍笺上抒豪放，
人生何必儿女情长！

思癫狂，
意癫狂，
思意癫狂冲云霄。
天地间斩魔王，
岁月任我颠倒疯狂！

2018 年 6 月 21 日于循善居

一切因缘而来

星火的燎原，
源自柴薪遍野；
源自东风识得周郎面，
风借火势，
火助风威，
点点星火，就能烈火燎原。

狂风暴雨的呼啸，
惊涛骇浪的涌潮。
中有本质，因缘生变。
水流故可澎湃，
乘势而上。
心潮逐浪高，
一展雄壮的姿态。

自然的一切发生，
一切存在的显现，
都是因缘和合而来。
自然万物皆是如此，
人间世事如幻如梦，
皆因缘而显现。

2016 年 6 月 19 日于循善居

书者情怀

轻拿笔，细思量；
饱蘸浓墨润愁肠。
清风明月，
常常伴我度良宵；

紧握毫，重回忆；
曾经几度迎朝阳。
金戈铁马，
时时随汝驰疆场。

2018 年 6 月 21 日于循善居

缘起诗兴

——献给少君诗兄①

今天我们因诗而欢聚，
也因诗而相识而升华……
如果生活中没有诗，
美酒平淡无味；
如果人生中没有诗，
精神残缺不全；
如果女人没有诗，
大地会沉睡；
如果男人没有诗，
宇宙也会乏味；
如果人类没有诗，
就和动物同属一类。

诗是人类的灵魂，
大地的风骨，
自然的精神，
宇宙的血液。
诗意是世界之中，
看不见的无形主体。
它与时间和空间同在，
是玄妙之道的化身！

诗人是上天之子，

① 李少君带一群诗友在作者员工食堂聚餐，有感而作。

是用苍穹的骨血，
铸造的身躯；
是用宇宙的脉搏，
铸就的灵魂。
借助山川河流的语言，
彰显着大地的神韵；
借助风火雷电的音律，
彰显着自然的魂魄。

诗人的每一次吟唱，
每一声疾呼，
都呈现着上天的思想，
都展示着上天的性情。
如赐福春风细雨，
润化大地的土壤，
让万物生机勃勃百花争艳。

今天，我们的诗人少君，
这位诗歌之子莅临！
请大家高高地举起，
盛满珞珈情怀的酒杯；
用澎湃激扬的诗意，
热烈欢迎他的到来！
干杯！干杯！

幸福无比的珞珈情

——记 2017 珞珈论坛时的场景

在樱花盛开的季节，
一张无形的情感网，
牵织着所有武大人的，
精神琴弦的经络末梢，
潮汐晨露晚霞春风，
从四面八方涌向珞珈山，
寻找存放岁月的记忆，
和见证记忆中的场景相会。

在武汉的珞珈人，
盼望着迎接着欢呼着，
所有回珞珈的武大人：
和他们一起吟唱青春谱写的歌，
共同回味美好的时光。
兴奋地说出隐藏于心底，
最幸福又羞涩的秘密，
品味那曾经丢失了的梦。

我说你说他说她在听，
说到精彩处、共鸣处，
激动的话头被抢来抢去。
故事中有他有你也有我，
快乐的话题，你一言来他一语，
说不尽珞珈山的幸福时光，
用最大的广角镜进行摄录，

陶醉在欢快中的场景，
也只能捕捉到一部分的缩影。

在忘我中欢乐的我，
忽闻阎志①诗兄直呼，
余仲廉今天要写诗，
在自觉的条件反射中应声，
写诗，写诗……诗兄！
现在还用得着写诗吗？
整个珞珈山都被——
无穷的诗意浸泡层染着，
只有一种快乐幸福的感觉。

写诗，写诗，来用诗意的语言，
把幸福的感觉相对应。
却怎么也寻觅不到恰当的词语，
灵魂的眼睛看到，
从心里浮现出的情景，
有一幅幸福的画面。
是妈妈端详着怀里，
刚刚洗完澡的婴儿，
将无限慈爱的目光，
倾洒在婴儿甜甜的酒窝上。

有一种幸福的陶醉，
是小孩子站在刚堆好的雪人旁，
欣赏自己创造的作品。
想着雪人和自己，

---

①阎志，武汉大学校友。

都是童话中的人物，
白雪公主在和他跳舞。

有一种幸福的陶醉，
是父亲听到陌生人，
用赞美的词讲述儿子的故事；
是母亲被久别回家的，
子女热烈拥抱亲吻，
等等涌现的幸福场景。
虽然与当下不相对应，
但珞珈山人的心灵，
感受到的幸福是相同的。

说明了今天的相聚，
是一场幸福的经典。
是我对邓江①兄弟的问询，
看你谈到钱时欲言而止，
想必你是有困难之处，
资金上需要帮助吗？

是阎志诗人情义的表达，
我的事业欢迎大家参与，
兄弟们的项目我愿加入。
这欢迎参与和愿意加入，
用武汉话说感情的实在，
兄弟们说要么样就么样……

①邓江，武汉大学校友。

是余紫秋^①纯真的话语，
兄弟们在一起快乐无比，
不喝醉就是不舒服。
是水尧^②兄弟的大实话，
我只要和武大人相聚，
没有一次不改机票换车次。

是陈作涛^③真挚的行为，
二十几年来初心不变，
用超越诗人的情怀，
我不写诗我支持珞珈诗人。
是赵术开^④的主动退机票，
把美好的时光尽情地畅享，
免得改签后又去改签。

是楚天舒^⑤的推介表白，
中珈资本是我们大家的，
是兄弟们事业人生的情感纽带。
是邓江兄弟的情怀，
比他的颜值和势力，
更加率真
我跟着师兄们一起"混"，
唯有用自己的行动来表态。
······

———————————————

①余紫秋，武汉大学校友。
②郭水尧，武汉大学校友。
③陈作涛，武汉大学校友。
④赵术开，武汉大学校友。
⑤楚天舒，武汉大学校友。

一个一个又一个，
叙不完的珞珈人和事。
哪一种不是珞珈情的真心告白，
不让珞珈人沉醉在幸福之中？
现实的场景用诗的语言；
用诗的文字，
都难以表达珞珈人的情怀。

上天为了给幸福作证，
空气中吟唱着歌声飘扬，
三月春风拂琴弦，
珞樱纷纷舞妙姿。
无声无息至天涯，
幽幽潜入梦人心。
吟唱珞珈悠悠情，
多少羞涩还记否？
相忆岁月可曾有？
晨曦晚霞手牵手！
……

2017 年 3 月 30 日于循善居

变，是永恒的真理

浩渺宇宙的大自然，
唯有一个字——变，
是永恒的主题。
一切的一切都在变，
不变，也在变。
只不过是主动变和被动变，
三千大千世界无有不变。

芸芸大千世界，
无时无刻不在变，
只有变才是不变的保证。

变是自然，变是法则。
变是自然的大道，
变是始然的必然。
变是公理的遵循，
变是自我的塑造和超然。

变有吸收的变，
变有融入融化的变，
变有快和慢的变，
变有恒定的变，
变有不变中的变，
和变中的不变。
自然中的变，从没有，
变的起点和终点。

永恒的主题就是变，
变，就是永恒的主题。

人生的追求，
更是应该如此。
向自然学习，
不能以成功为终点，
不能以现状为满足。
应该以燃烧的激情，
让自己成就的每一步，
都是改变的新起点，
都是源源不断的新动力，
都是推动自己向前，向前……
使之成为超越从前的变量能源。

如果身处困境的重围，
则更是应该，用改变来突围。
使之用最坚定的行为，
向前，向前来突破困围。
助推自己向前，向前……
用不停的向前，向前，
来改变被动的变，
成为拥有主动权的变。
要时时刻刻牢记着，
只有变是永恒的真理。

只要是向前的变，
无论是曲折
还是迂回……
或是为了助力冲刺

而适当地退后，
这都不可以成为，
约束自己向前变的条件。
变是真理，是一条永恒的真理。
是随着时空永恒的真理。

变是永恒的主题，
只有变才会更胜于从前。
对自我的重新认识，
就是一种新的改变。
然而，要明白变的真理，
要不停地改变，
而不是改变世界，
也不是改变他人，
而是做自我的改变。

因为自我的改变，
就是一切的改变，
因为每个人的改变，
也正是世界改变的开始。
要想改变他人，
改变世界，
先得从改变自我开始。

自我开始改变了，
才是真正的改变。
如何知道自我的变？
不是自视地看自我，
而是从自我之外，
看自己的改变。

才能真正地知道，
自己变了或未变。
才能真正领悟到变，
是永恒不变的真理。

2008 年 12 月 9 日于秦皇岛

秋

秋

金　色

满　旷　野

漫　尽　穷　途

望　雁　影　无　踪

心　生　思　念　悠　悠

幕　幕　往　事　成　云　烟

唯　有　一　份　牵　挂　沉　厚

企　盼　秋　韵　带　我　寻　乡　愁

凝　注　窗　外　明　月　清　辉

托　着　普　洱　轻　轻　吻

静　静　遐　想　回　味

幽　雅　韵　纯　粹

人　生　何　所

释　怀　然

陶　醉

秋

2014 年 9 月 10 日于循善居

此为增字减字诗体，又为正反双向宝塔诗。正反读，其意味不一样。

思维的门

思维这扇门，
独特而奇妙。
时而凝固时而奔放；
时而纠结时而顺畅；
时而愚钝时而敏捷；
……

思维这扇门，
打开了，色彩斑斓，
绚丽耀眼，应接不暇；

思维这扇门，
关上了，没有空间，
没有缝隙，没有光影；

思维这扇门，
打开了，思绪万千，
广阔无垠，无穷无尽；

思维这扇门，
关上了，令人窒息，
惶惶恐恐，危及生命；

思维这扇门，
打开了，思如泉涌，
得心应手，如神灵附体；

思维这扇门，
关上了，黑灯瞎火，
茫茫无边，如坠万丈深渊；

思维这扇门，
打开了，就赶紧行动。
留住它的脚步，留下它的身影。
这是最美妙的闪电！
这是集聚强能后的喷发，
这是智慧的彰显！
这是灵性光芒的闪耀；

思维这扇门，
关上了，就随它去吧！
不要折磨自己，
不要伤害身体，
莫去费心苦求，
莫去冥思苦寻。
恳请自己，静静地，
静静地，闭上眼睛，
听听音乐，哼哼小曲，
安享人生的惬意，
等待、等待……
思维的再次来临！

1998 年 8 月 10 日于韶山冲

何必

聪明难，糊涂难。
由聪明而糊涂，
犹如登天一般！
其实人生，何必！
想聪明，装糊涂，
而为难自己。
却不知，遇了事，
放一下，退一步，
心情舒畅天地宽，
当下便心安。

人生其实很简单，
何必聪明，何必糊涂，
何必把自己为难？
一切，一切，只管简单。
好也自然，差也自然，
一切随缘，顺其自然，
让自己坦然心安。
坦然，心安！就是人生的幸福！
人生的追求，不就是这般？
时时快乐，时时平安！
如此快乐幸福的生活，
人生还能有什么遗憾？

2015 年 12 月 28 日于循善居

请不要

请不要跟贫穷的人谈，
你有多么的富有。
如果你真的很富有，
那就请施舍一点吧；

请不要跟落魄的人谈，
你有多么远大的理想。
如果你真的有思想，
那就请给一点安慰吧；

请你不要跟孤儿们谈，
你的父母对你的宠爱。
如果你真的有爱心，
那就请奉献一点爱吧；

请不要跟失去子女的人，
谈你的子女优秀可爱。
如果你真的很幸福，
那就请将幸福收起一点吧；

请不要跟报纸电台谈，
你拥有多么大的能耐。
如果你真的有点本领，
那就去做点有益的事吧；

请不要跟朋党利益谈，

你拥有多么大的权力。
如果你在某个岗位上，
那就请你去谋其政吧；

如果你真的能怎么样，
那就请为你的家人，
为你的民族，为你的祖国，
去奉献一点正能量吧！

2017 年 1 月 25 日于循善居

生命是永恒的

生命是永恒的，
不存在死亡，
只是在不断地进行着物化。
在无限的时空中，
以有限的形式展现；
在有限的时空中，
诠释着生命变幻的形式。

当你觉得他和它的死亡，
是无影无踪地消失，
这是你对生命物化认知的有限。
只是看见了生命的一个花期，
你却不知生命的花永远绽放着，
只是转化了花开的形式……

当你有了对时间和空间穿越的认知，
就能看到生命的永恒；
就能感知到生命诗意的玄妙，
与时空的岁月携手结伴同行。
生命的花朵绽放的芬芳在空间中，
和时间永远地交相辉映。
生命只有转换离别的形式没有死亡，
它和它永远永恒地行走在，
涅槃新生不息的大道上……

沉睡之意

各种人，各个时期，
各种自然，各个地域，
都会沉睡，都需要沉睡。
沉睡是自然的使然，
沉睡是使然的自然。
不在沉睡中灭亡，
就在沉睡中蓬勃。
沉睡吧！沉睡吧！
沉睡才有明天，
沉睡才有未来。
只有沉睡才能，
让生命得到凤凰涅槃！

胎儿的沉睡，
是为了生命的成长；
婴儿的沉睡，
是为了机体的完美；
少年的沉睡，
是为了身体的长成；
青年的沉睡，
是为了人生的充盈；
中年的沉睡，
是为了能量的裂变；
老年的沉睡，
是为了一生的回味！
睡吧！睡吧！好好地睡吧！

人生，岂能没有沉睡？
动物、植物都会沉睡，
大地也会沉睡，正因为，
自然中有着许多的沉睡，
才能让人类生养繁衍；
才能把文明不断推进向前。
所以人生需要沉睡。
睡吧！睡吧！好好地睡吧！
睡出一个精彩的人生来吧！

此时的沉睡，
是为了精力的充沛；
今夜的沉睡，
是为了明天的朝霞满天；
今天的沉睡，
是为了明天的生机蓬勃；
三年的沉睡，
是为了一鸣惊人；
中华的沉睡，
是为了韬光养晦；
睡吧！睡吧！好好地睡吧！
睡出一个崭新的世界来吧！

沉睡是自然规律，
是生命的孕化，是事情的分类，
是能量的储备，是思维的梳理，
是情感情绪的表现，
是心灵的净化，
也是人格的升华，

让行为得到更好的彰显，
让智慧得到酣畅的发挥。
睡吧！睡吧！好好地睡吧！
睡出一切的灿烂与辉煌来吧！

人生的各个时期，
都需要沉睡。然而，
并不是，懵懵懂懂的沉睡，
丢掉了快乐的童年；
迷迷糊糊的沉睡，
丢掉理想，丢掉目标。
日复一日，年复一年
失去美好的青春韶华；
更不是借助烟酒的麻醉，
白天打着呵欠，晚上鼾声如雷，
没有理想，没有追求，
没有责任，没有事业地，
度过人生的中年。

睡吧！睡吧！睡得好呀！
如果你真是这样的睡，
那就睡吧！睡吧！
好好地沉睡吧！
何须期待，还有晚年，
你的人生，就是沉睡。
沉睡吧！好好地，安静地睡吧！
最后让你的亲人们，
为你守护，不让人打扰，
为你祈祷，让你永远地沉睡。
让你永远安静地沉睡，

让你永远沉睡得安静。
就让你这样永远永远地去睡吧!

然而，我要问，
这是人生吗? 显然不是。
这是你的人生吗?
你愿意这样一生吗?
如果你愿意，那就无可厚非。
你就睡吧! 睡吧!
我们决不会打扰你。
并且衷心地祝福你，
睡吧，睡吧! 好好地睡吧!
即使你醒了，也不要睁开眼睛。
让自己依旧安然地睡着，
千万别看这美丽的世界;
更不要羡慕他人的幸福与成就，
以免自己惆怅、后悔，
不能拥有一张安详的脸……

2013 年 12 月 10 日于华中师范大学桂苑

人生的路

人生的路，
从诞生开始，
就无法选择停止，
或回头重来。
只要人的生命，
还在呼吸，人生之路，
就是在延伸……

人生的路，也可以说，
是一场，马拉松赛跑。
对手是，社会和现实；
是数，也数不清的人，
或者，只有二个三个，
甚至，就是独自一人。

路程，从生到死；
规则，自由挑选；
方式，自由设定；
结果，无一雷同。
赢家，过程的把握者。

2016 年 8 月 28 日于循善居

唠叨的语言①

唠叨的语言，
没有华丽的辞藻。
讲述的是人生经历，
表现的是菩提心。

唠叨的语言，
反反复复的啰唆。
不是做广告求利益，
只想让听者在未来，
拥有幸福美好的人生！

唠叨的语言，
没有任何必须的要求。
只要听者不拒绝不生烦心，
就一定会有益有收获。
就达到了啰嗦的愿望！

唠叨的语言，
反复啰唆的行为，
我相信最有魅力。
当听者手牵孙子讲故事，
定会想起我这位唠叨的人。

---

① 2018 年 12 月 19 日在湖北大学为博昊学子作"用爱诠释人生的意义"的专题报告，而作此诗为开场语。

石首呀！石首

石首呀！石首。
三千年古镇绣林，
风景胜画，古迹满城。
刘备在此，洞房花烛夜；
李白、杜甫、在此，畅抒诗情。

石首呀！石首。
长江在此，回肠九曲，
江豚在此，成群嬉戏。
彩云顾盼依依，不舍离去；
中华鲟，爱的伊甸园，在此。

石首呀！石首。
天鹅洲、天鹅湖，在此，
白天鹅、黑天鹅、丹顶鹤，在此；
在此，伴随姜子牙的坐骑，
楚国的图腾麋鹿，徜徉悠游。

石首呀！石首。
洞庭湖、上津湖、红莲湖、白莲湖……
湖连着湖，在此，荡漾涟漪；
浩淼碧波，鱼儿在莲叶间欢跃；
在此，微风一吹，银光熠熠。

石首呀！石首。

桃花山、笔架山、南岳山……

在此，竹木林海，天际层染；

在此，泉溪淙淙，鸟鸣啾啾；

在此，漫山碧野，年年笑春风。

石首呀！石首。

你有太多的神奇，

范蠡、西施，在此，皈依；

黄庭坚，在此，泉下泼墨；

俞伯牙、钟子期，在此相惜，

弹奏万古琴弦，在此，音绵不息。

石首呀！石首，

你有太多的神奇，

物产丰富，人杰地灵。

太师、国老、宰相，在此，辈出；

共和国的将帅、元勋，在此，辈出；

文豪、诗人、科学家……

在此，辈出。

石首呀！石首。

石器时代，走马岭，

炎黄足迹，在此；

五千年文明，在此。

在此，在此……

文明在此，骚人在此

墨客在此，英雄在此，

在此，写春秋，抒华章！

石首，是一颗耀眼的鄂南明珠！

2006 年 9 月 29 日于桂子山庄

回不去的是故乡

回不去的是故乡，
是谁说的这句话？
我只要闭上眼睛
或是一个人待着——
那群山环抱的人家，
一户户的堂屋、厨房，
那门联、台阶、石头墩，
那顺着山沟流淌的溪水，
和弯弯曲曲的小路，
连着张家李家刘家，
连着外面的世界，
连着渴望和梦想；
还有那篱笆墙围着的菜园，
从树林间隙里升起的炊烟，
都在我的眼前、身边、周围，
用手都可以轻轻地抚摸。

回不去的是故乡，
这句话是谁说的？
我只要闭上眼睛，
或是一个人待着——
那入夜的小山村，
蟋蟀和心脏就开始对酒当歌；
老人、孩子在槐树下说故事，
闲不住的女人、母亲、婆婆……
在油灯下缝补、做袜、纳鞋底；

回荡在宁静夜空中的，
舂米声、榨油坊的撞击声，
直到被雄鸡的啼鸣覆盖；
清脆悦耳的报晓号子，
咯咯咯……此起彼伏；
唤醒大地和沉睡的万物，
唤来满天的晨曦和生机，
唤来采茶姑娘的情歌悠扬，
唤来读书儿郎追求诗和远方。

回不去的是故乡，
这句话是谁说的？
是时光对岁月的呼唤，
是灵魂对渴望皈依的呼唤；
它唤来了黄狗，立在村口狂吠；
它唤来了萧瑟的秋风，
吹开我闭上的眼。
看着南飞的大雁，在寒潭消失；
看到年老的母亲倚靠在门前；
望着承载自己一生足迹的小路，
渴望出现她惊喜的身影……
耳边依然是，阵阵乡音在呼唤，
回不去的，回不去的，
是，故乡，是，是故乡……

2018 年 5 月 31 日于恩施

习惯操控一切

人与人之间，
细小如蚕丝的差别是智力。
遗传的白色裂变，
或是后天的微弱雕刻，
是时间无声无息地，
把空间进行改变。

人与人之间，
浩如江水的差别是思想。
千差万别的言语世界，
往往令人思绪难平。
是命运世道之不公吗?
是上天老儿的戏耍吗?
不是，不是，绝对不是。

一切都是屈服习惯的习惯；
一切都是战胜习惯的习惯。
是习惯操控了一切，然而，
习惯，操控习惯的操控键，
却由习惯操控者所选择……

2016 年 7 月 1 日

泰山之缘

楚荆俗子，
荒野村夫仲廉①。
仰泰岳之雄冠，
敬孔孟之儒圣。
余五十年春秋，
历十三次攀登。
每入岱宗，
总感奇妙。
流连数日，
沉醉忘返，
身心超然，
魂灵俱化于此间。

拜天齐仁圣帝，
碧霞元君②。
识我心之虔诚，
赏汝情始之率真。
遂邀吾夜饮甘露，
兴隆之时，
赐吾予瑰宝。
令狂喜而醒，
亦知为梦寐。

---

① 仲廉，笔者的名字。
② 碧霞元君是以中国大陆华北地区为中心的山神信仰（道教），称
为"东岳泰山天仙玉女碧霞元君"。中国古代神话传说中的女神。

疾步而出，
踏月色寻出处；
奔觅时辰有半，
行至梦会之地。
即见巍巍巨石，
横卧千壑壁底。
观之敬畏也，
视之仰叹矣！
须臾之间，
刹那景变，
撼心灵于木讷。
虹霞炫彩，
光芒亘天。
映照泰石之上，
灿烂之辉煌夺目。
不能言语赞兮，
华丽之美轮美奂。
难觅言词夸兮，
摄人之魂魄涅槃。
令余欣然至狂兮！
飞跃扑向山石，
伸双臂展尽胸怀；
紧紧贴身拥抱，
亲之深深！
抚之切切！
然绕行而环视；
圣君所赐宝物，
此乃祥瑞泰福灵石也！

其形巍巍也；

其神炯炯也；
其体宽三丈有余，
厚亦一丈之多，
高达数丈也，
其重乃万万斤之巨矣！
奇哉！壮哉！美哉！
遂心之誓言：
无论历何艰难，
亦不拒丝丝回避尔。
恭请祥瑞泰福瑰宝石！
别驾启程余福泰①。

精心筹划，
悉数准备。
历经数月，
晓宿夜行。
翻山越岭，
涉江渡河。
修路买路越坎坷，
借道绕道勇前行。
曲折离奇始克难，
波澜惊险终平安。
祥瑞泰福灵石，
落驾余福泰矣！

礼行不辍，
法尽术竭，

---

①余福泰，笔者一公司名。

道亦不归本位；

乃至力拔山丘之钢索①，

寸寸断裂。

泰福灵石，

巍然不动也！

吾穷尽百思，

不能得其究竟？

即沐浴焚香，

诚心至致，

手捧泰山金刚经经卷，

朗朗诵之数遍，

后恭抄全文。

再行移就，

石如生翅，栩栩然也②。

屹立于余福泰，

直耸云霄，

让如织人群赞叹！

余每每观之，

如慈祥老人，

和眉善目；

如仁爱长者，

和颜悦色；

如智慧大佛，

笑纳芸芸；

---

①笔者初次卸载泰山石，因礼数不周，用两台三百吨的吊车，将吊装千吨的钢绳，多次被拉断数节，而使卸载失败。

②后笔者再行吊卸，只用一台一百吨和一台八十吨的吊车，很顺利地实现了吊装卸载。

如普度观音，
布施众生。
奇哉！神哉！妙哉！
汝观时不同，
则感受亦不同也！
故作《泰山赋》，
以表炽炽之情，
拳拳敬虔之心。

泰山赋

人类始祖之盘古①，

劈开混沌之宇宙，

立天地之启也！

将身躯化作，

三千奇妙世界②；

以四肢与头部，

而铸天下之五岳③。

其首乃东岳也！

黎首之意，

神灵之核，

皆融于其中矣！

文明之源，

道法之显，

从此而达观也！

至帝王之封禅故，

---

①盘古，上古神话传说中开天辟地的人物，是中国神话体系中最古老的神，在开天过程中倒下后，手足和身躯变成大地的四极和五方的名山。

②三千大千世界，略称"大千世界"。佛教说一日月照四天下，覆六欲天、初禅天，为一"小世界"；一千个小世界覆一二禅天，为一"小千世界"；一千个小千世界覆一三禅天，为一"中千世界"；一千个中千世界覆一四禅天，为一"大千世界"。一大千世界有小、中、大三种"千世界"，故称三千大千世界。

③五岳，中国五大名山的总称，是古代民间山神崇拜、五行观念和帝王巡猎封禅相结合的产物，分别为东岳泰山、西岳华山、南岳衡山、北岳恒山、中岳嵩山。

是为喻望重德高者矣！
才能比功成业就之事。
然称中华之泰山，
而唯我独尊！
山被视为国脉，
地属万物之灵源也。
高峨遐迩，
雄冠古今！

神州泰山，
华夏之东方，
世界之东方，
乃峰岭之元也①。
背立黄河之洪流兮，
滚滚滔滔，
奔腾无止息；
面纳曲阜之文气兮，
浩浩汤汤，
传播无边际。
左拥苍海之渺渺兮，
迎红日东升，
观彩霞染天；
右怀神州之广袤兮，
聚紫气和合，
育英雄泽被②。
繁衍昌盛之延延兮，
施芸芸众生，

①恒山的主峰，天峰岭。
②聚紫气合和，是指泰山按八卦为震，是紫气之源。

布莽莽世界；

东方文明之绵绵兮，

俯四岳其雄视，

居九州而独尊。

引游人乃至踵踵，

招善众者祈纷纷，

邀缭绕之香旺旺。

庙楹林林，

满刻鸿儒隽语；

碑碣丛丛，

亦镶雅丽铭文。

故号岱宗而著称矣[①]！

观夫天时，

有别温冷；

地质繁杂，

斑驳裂层。

傲徕峰立耸云崖，

阴阳界河谷纵横。

置茂岭于云烟，

仙风畅爽；

挂奇凇于雨雾，

似玉晶莹。

玉皇顶[②]，

离人间之尘寰；

---

①岱宗，对泰山的尊称。旧谓泰山为另外四岳所宗，故名。

②玉皇顶，是五岳之首泰山的主峰之巅，因峰顶有玉皇殿而得名，
主祀玉皇上帝。

斗母宫①，

迭三界之飞瀑。

遍布麦饭②，

蛇纹加木玉，

奇石满山；

内蕴硫黄③，

煤炭并岩盐，

矿物尽聚。

议唐槐之抱子④，

客赞程公；

究古柏之凌寒⑤，

人说汉武。

黄鹂娓娓以对歌，

白鹤悠悠而闲步。

植被郁郁，

水源潺潺，

实乃自然之宝库也。

自古坚韧称中华之表，

文明为邹鲁之窗。

故太史公⑥云：

人之生死，

---

①斗母宫，泰山景区中最为幽静的所在。

②泰山麦饭石，是目前市场上品质最好的麦饭石。

③泰山地区矿产资源丰富，有煤、铁、岩盐、石膏、硫黄等。

④唐槐之抱子，一株古槐树干中心又植小槐，相传古槐为唐代程咬金所种。

⑤古柏相传为汉武帝本人所植。

⑥太史公，为西汉武帝时期设立的官职名称，此处指司马迁。

或重于泰山，
或轻于鸿毛。
至望远登高之客，
劳苦荷物之郎，
莫不因山而博大，
揽云而敏强。
尘弃毫末，
淡看死生。
云关轻扣，
怀太白之思绪①；
绝顶登临，
小子美之山川②。
磅礴宇内，
国泰安民，
隆华夏之脊梁。

更视俊美雄起，
深幽险奥，
登临其境，
叹乎天功。
旭日东升，
溢彩流光；
晚霞夕晖，
枫榆明照；
却看黄河金龙游畅，
海蜃尽揽；

---

①李白在《游泰山六首》（其三）中写道："平明登日观，举手开云关。精神四飞扬，如出天地间。"
②杜甫（字子美）在《望岳》中写道："会当凌绝顶，一览众山小。"

欲掷云海玉盘叠舞①。

天鲲翻腾。

双院焜焜，

红门宫墙②；

百神肃肃，

玉皇庙顶③。

斩云剑④，

舍身化石救难；

碧霞祠⑤，

乃为扶困赎女。

浴朝阳洞之浓荫⑥，

受迎客松之谦礼。

草木氤氲，

人文葱茏。

谁不思长住此境，

与列仙而为侣伴。

述其精神，

顶天立地，

---

①旭日东升、晚霞夕照、黄河金带、云海玉盘，泰山四大景观。
②红门宫因其西北崖上有二块红色岩石排列似门而得名。庙分东西
两院，此处清晨日出时通红一片。
③玉皇庙里面的 300 多尊道教诸神泥塑艺术地展现了我国道教诸神
系统。
④斩云剑，传说因一青年为一群迷路的采药乡人驱云赶雾，化作长
条石而得名。
⑤碧霞祠，碧霞元君"庇佑众生，灵应九州"，"统摄岳府神兵，
照察人间善恶"，是中国历史上影响最大的女神之一。
⑥朝阳洞位于五松亭西北侧，为一天然石洞，洞门向阳，故名朝阳洞。

正气浩然长空。

担当①堪为楷模，

树立于亘古绵绵②；

坚忍弘毅之典范，

颂扬于流传远远③。

胸怀之博博，

格局之宏宏④，

始制于天高地厚，

不可及泰山也⑤。

引王者易姓而躬朝，

必敬封禅问何焉⑥？

而生其道焉！

会天地之交泰⑦，

法孔孟之圣儒；

慈爱德之仁厚，

礼义信之忠孝⑧；

修人性于居处恭，

---

①担当，指石敢当，传说石敢当是泰山神的部下神将，以勇猛闻名。

②指石敢当英勇战胜妖怪的故事，喻指泰山精神中的敢作敢为敢当的精神。

③坚忍弘毅均为声名远播的泰山精神。

④胸怀宽博，格局宏大，也是泰山精神。

⑤古有"天以高为尊，地以厚为德""天高不可及于泰山"的说法，故泰山就成为天的象征。

⑥指君王登位必到泰山来封禅，古有七十二君王来泰山封禅。

⑦天地交泰，在《易·泰·象》有写"天地交，泰"。泰山是天人合一的代表。

⑧五常：仁、义、礼、智、信，属于儒家思想核心内容。

执事敬①；

教君"民为贵，

社稷次之，君为轻"也②。

融释之宇宙色空，

调天地之阴阳也！

断欲无我之超然③；

聚道意④玄之又玄⑤，

纳无为而无不为也⑥。

其和合于，

普照与红门之彰彰⑦，

育芸芸万物，

号天下之众生，

天行健，

以自强不息⑧；

地势坤，

以厚德载物⑨

而励圣贤奋起也！

---

①出自《论语》："居处恭，执事敬，与人忠，虽之夷狄，不可弃也。"

②孟子有云："民为贵，社稷次之，君为轻。"

③宇宙色空，断欲无我，指佛教"色与空"的宇宙观、"断欲无我"的人生观。

④聚道意，指当时山东地区佛教的开山鼻祖朗公与同期的泰山道教首领"恬静寡欲，清虚服气"的张忠结为挚友，与隐居泰山的文人墨客、儒家学者也是密切往来，相互切磋。

⑤出自《道德经》，"玄之又玄，众妙之门"。

⑥出自《道德经》，"道常无为而无不为"。

⑦普照寺与红门宫均为泰山知名的景点。

⑧天行健，君子以自强不息。出自孔子为《周易》写的《象传》。

⑨地势坤，君子以厚德载物。出自孔子为《周易》写的《象传》。

敬仰践行，
"山莫大于泰山，
史亦莫古于岱宗"①。
使之成为天地之象征，
太阳之化身，
生命之源泉，
道德之载体，
精神之灵魂，
文化之血脉，
凛然耸立，
巍峨岩岩矣！
"孔子圣中之泰山，
泰山岳中之孔子"也②！
"窃照泰山岳灵区，
在寰宇最胜，
而在初遗迹，
惟圣哲最崇。
然圣哲之中有孔子，
犹山阜之有泰也"。
孟子回呼：
孔子登泰山而小天下③。

---

①"山莫大于泰山，史亦莫古于泰山。"出自清代史学家阮元所写《泰山志·序》，指泰山之大、历史之悠久无与伦比。
②孔子在春秋乱世登上了泰山顶。在孔子当年站立过的岩石上，一位清代的泰安太守刻下了这样两句话：孔子圣中之泰山，泰山岳中之孔子。
③出自《孟子·尽心上》，指泰山之高，也喻指眼界宽广的人超然物外却心怀天下。

《中庸》曰:
"登山必自卑,
行远必自迩"矣①!
折服七十二君王,
顶礼之朝拜也②。
纳历代墨客文人,
尽揽物之情,
抒天地之怀,
难可计数也!
启思慧开愚智,
洗人心度众生,
引来者参拜之,
熙熙攘攘也!
教化莫不大焉!

美哉东岳,
巍巍祎祎;
和哉东岳,
穆穆熙熙;
茂哉东岳,
蔼蔼萋萋;
高哉东岳,
矗矗邅邅;
大哉东岳,
盰盰不丕;

---

①意为无论做何事,要从头做起,积少成多,不可好高骛远。
②泰山是历代帝王封禅祭祀的圣地。相传上古时期就有72代君王曾
封禅泰山。自秦至清,史籍上确切记载的到泰山封禅祭祀的皇帝共
有12位。

雄哉东岳，
慊慊驱驱。
若无德立之人，
无言立之士，
无行立之辈，
庸庸于绝顶，
愧而能立乎？
惘而能思乎？

2016 年 8 月 21 日改于武汉至北京。

附　录

诗歌是关于人与世界的言说 / 彭富春

　　余仲廉先生虽然是一个业余诗人，但与那些专业诗人相比，他写出了更多的诗篇。其高产令人叹为观止，有时一日一篇，有时甚至一日数篇。他诗情澎湃，如此数年，绵延不断。人们不禁会问：这些文字都是诗吗？它们当然都是诗，只是需要仔细辨析和聆听。

　　在余仲廉看来，诗歌没有边界和禁忌。这就是说，生活一切皆可成诗。没有什么是可以成诗的，也没有什么是不可以成诗的。基于这样的美学原则，他把存在过、思考过和言说过的事情都写成文字，升华为诗。因此，余仲廉的诗歌并不局限于世界的某个特别领域，而是遍及其一切角落。写景、咏物、品人、言志、抒情、寄思等等，在余仲廉的诗篇里无所不包，无所不有。余仲廉是一位生活诗人，他写的是生活的诗篇。他虽然只是吟诵一些日常生活事件，但通过自己的文字和声音使之变得非同寻常，闪现出奇异的光辉。在这种写作过程中，余仲廉把生活转化为诗篇，同时也把诗篇转化为生活。他许多诗作中的文字与声音仿佛是巫师或者魔法师的咒语，能够点铁成金。

　　对于自己所吟诵的一切，余仲廉并非是冷漠的、无情的，而是充满感情，甚至是充满激情。在他的诗篇中，一切景语皆为情语，一切人物皆为情物。那是一种什么样的感情？人有喜怒哀乐、爱恨情仇。余仲廉诗篇也具有情感的多样性和复杂性，但其主调是爱，是一种遍及万物的强烈的爱。激情是一种激动之情。一方面，诗人被所遇事物的存在情态所激动，另一方面，诗人也去激发所遇事物存在的情态。因此，诗人与所遇事物不是分离的，而是合一的。作为爱的激情，诗人既因事物生发爱，有所获得，也由己去爱事物，有所馈赠。在爱与被爱之中，他们共在共生。所有伟大的诗篇都是爱的诗篇。

余仲廉的诗篇除了生活化和激情化的特性之外，还有口语化的特点。诗歌是语言的艺术，诗人都是语言的大师。每一个诗人都在说着自己独特的话语，如同每个人都具有自己独特的语调一样。余仲廉既不重复古人的声音，抄写一些古雅、生僻和难懂的字词，也不模仿洋人的腔调，发出一些莫名其妙的呻吟，而是直接使用日常生活的口语。他的语言是活生生的，是人们每时每处使用的语言。余仲廉的诗篇的语言不仅是灵魂性的，而且是身体性的。这种语言似乎可以让人感觉到从胸腔里直接喷发出来的强烈气息，如同人们在荒野里嗅到的草木的芳香一样。因此，余仲廉诗歌的口语的力量不仅可以触及人的灵魂，而且可以触及人的身体。

从根本上说，诗歌是关于人与世界的言说。它不仅是欲望的言说、技术的言说，而且也是大道的言说，也就是关于存在智慧的言说。诗歌言说存在的欲望、技术和大道的游戏，而诗人通过这种言说进入到此游戏，并由此陶醉而达到至乐。

愿诗人余仲廉先生写出更新更美的诗篇！

2017 年 9 月 8 日

彭富春，1963 年生于湖北省。先后学习于武汉大学、中国社会科学院和德国奥斯纳布吕克大学。1998 年起任武汉大学教授，并曾兼任国内多所大学教授。曾任十届、十一届全国人大代表，十二届武汉市政协副主席。现任十三届武汉市政协副主席。主要研究美学的一般理论、德国现代哲学（海德格尔）以及中国古典思想（国学）。主要著作有：《论儒道禅》（人民出版社，2019）、《论慧能》（人民出版社，2017年）、《论孔子》（人民出版社，2016年）等。《论国学》《论孔子》入选国家社科基金中华学术外译项目推荐书目。其中《论国学》英文版和韩文版已立项。

诗人的身份 /齐志家

余仲廉先生被誉为"生活诗人"，他写就了"生活的诗篇"。

余仲廉先生的诗篇往往记录琐事，抒发友情，咏唱人生。

这些诗篇往往赞美俗事常物，而又使之远离琐屑；往往不求修辞，而又使之生机鲜活；往往不求新颖，而又使之顿生陌生。

生活中的余仲廉先生拥有多重身份：校董、作家、书法家、慈善家。作为诗人，余仲廉先生试图在当今唯新求变的时代里，提出一种"俗事升华""常物鲜活"的方略。他把存在过、思考过、言说过的事情都写成文字，升华为诗。与此同时，如同生活与诗篇的含混关系一般，余仲廉诗歌里的诗人与他者纠缠暧昧。事实上，借助追逐"他者"，诗人不断拓展自我，并领悟自我身份的复杂内涵。

珞珈是诗作的锚点，强调出此地此时的实质性、此一性。珞珈的意象，是诗人关于自我身份的最具体最确定的表达。由此，诗人独白，它是诗人对自我的实质性的身份要求。当然，独白是孤寂的，有一种纯粹中立、冷淡的性质。但是，诗人独白的意象创造出一种虚空，它强调孤迥而成、难免分离。这片虚空，正是诗篇中的那些匮乏的他者：诸如"小新""友人""淡粉色旗袍的女子""一聚""念念相思的无休的回忆"。

远怀是人们常见的情怀：情笃远人，渴望他者；是诗人对自我同一性、邻近性的身份要求。这些远人、他者无不处于诗人自我身份相邻近的关系中：诸如"富春""校长"。

在此，诗人试图唤起人生中熟知寻常的体验，并将其变成不同寻常的体验。借助身份的邻近关系，借助同情的手法来抒发情怀：使远而弥近，使隔而弥彰，使疏而弥亲。但是，"天涯咫尺"却终归为凭空怀想，其终究不得可触可感；由此而生出的无可奈何之感大约就是余仲廉先生的"禅意"。

在人生的咏唱中，余仲廉先生的诗句往往把世俗与超俗、呐喊与缱绻奇特并置；把美好与丑恶、追求与颓丧混合并列，使得生活的诗篇别样，使得自我拓展出令人难忘的奇特性。在此，自我与他者概念的纠缠得以和解，自我取得特殊性、唯一性的身份。他者可能并不存在，或者仅仅是作为自我的他者。在另一方面，身份仍然是个悖论：如果自我与他者因邻近性而同一，我们就要失去自我；但如果我们无关他者，我们也要失去自我身份。显然，如果认同自我与他者是彼此建构的，那么，我们将永远走不出这一悖论。无疑，这样一种概念纠缠还是要归功于人类理性信条的捣乱。于是，我们对身份的信念不能再依赖理性，而只能从身份的现实存在出发：诗人的身份就是诗人的诗篇。

读余仲廉先生的诗，不禁想起江汉故土的一种苦楝树。称之为苦树，大约因了它的苦：从皮到根，从花到果。但它却把苦藏在舌头里，而只拿出来给鼻子看，似乎只有那种弥漫才是真苦。这正如余仲廉先生的诗文，是要让人抖一抖衣帽领袖间的一身苦气。称之为楝树或恋树，大约不是因它的春芽夏荫，淡紫氤氲，而是因了它的牺牲，或是要用一切苦去迎接冬天的一树阳光。这正如梵·高的《向日葵》，即使离开自由的荒野，长在花盆里的爱情仍然要疯狂、要燃烧。这也正是余仲廉作品的写照，从乡土到城市，从逃离根茎叶花的日子，再回归到诗意的心中家园，如同艺

术家黄永玉的生活状态，老去的只是他的身躯。一颗有趣的心都
回到天真烂漫的童年。

2019年2月17日 星期日

齐志家，武汉纺织大学教授，《时尚与美学》杂志主编，哲学
美学博士。

岁月任他颠倒疯狂 / 徐　璐

——读余仲廉诗集《珞珈山起风了》有感

今年，余仲廉先生的诗集《珞珈山起风了》将与广大读者见面。我有幸提前品读了其中的美妙诗篇。对我而言，余先生是一位德高望重的长辈。作为一名慈善家，他与夫人创立了湖北博昊济学基金，资助了许多成绩优秀的贫困大学生，极力弘扬中华民族重教助学的美德；作为一名诗人，他倾心于诗歌艺术，创作作品无数，并全力支持珞珈诗派的发展，努力把珞珈诗歌推向全国、推向全球。我作为一个晚辈，既无资历，亦无建树，不敢对长辈的诗歌大发议论。或许，我能在认真拜读余先生诗歌的同时谈一谈自己的感受。

中国是一个诗的国度，从古体诗到近体诗（格律诗），再到新诗（白话诗或称自由诗），这条诗歌长河已缓缓流淌了数千年。它滋润着华夏大地，使大地变得妩媚多彩；它滋润着华夏儿女的性情，使我们的灵魂变得灵动多情。余先生热爱写诗，尤喜新诗。其诗集《珞珈山起风了》共收录诗歌近百首，其中大部分是新诗。新诗诞生于"五四"文学革命中，它打破了近体诗的格律，换以自然的节奏和音韵，以白话口语代替文言语法，成为新时代诗歌舞台上的主角。每一个流派的新诗都有其自身的特色。前期新月派强调诗歌的音乐美、绘画美和建筑美，早期象征派强调诗歌的暗示性和朦胧性，而早期无产阶级诗人则提倡诗歌的平民化和群众化。余先生的诗歌也有其自己的特色。

武汉大学彭富春教授曾评，余先生的诗歌具有生活化、激情化、口语化三个特点。就生活化而言，余先生"把存在过、思考过和言说过的事情都写成文字，升华为诗"，他"是一位生活诗人，他写的是生活的诗篇"。就激情化而言，在余先生的诗篇中，"一切景语皆是情语，一切人物皆为情物"，"其主调是爱，是一种遍及万物强烈的爱情"。就口语化而言，余先生的诗歌语言"是活生生的，是人们每时每处使用的语言"，"这种语言似乎可以让人感觉到从口腔里直接喷发出来的强烈气息，如同人们在荒野里嗅到的草木的芳香一样"。

通读余先生的诗集后，我的确感受到了彭富春教授所言的三个特点，尤其是激情化这一点。就如余先生在其诗歌《诗情狂》中所描述的那样，"诗词情怀皆高亢""岁月任我颠倒疯狂"，他把人生所有的激情都融进了诗歌中。在诗歌的世界里，他神魂颠倒，他疯狂地爱，爱自然，爱社会，爱万物，爱智慧。不受时间与空间的限制，他把现实生活中的瞬间转化成了诗歌世界中的永恒，令人赞叹！

天地自然是人类生存的空间，余先生在其诗歌中表达了自己对天地自然的热爱。增字减字体诗歌《春》就极具代表性。《春》正读："春/风和/日丽暖/萌芽嫩绿/杨柳绦飞絮/蜂闻花香寻蜜/雨润禾苗叶滴珠/生机盎然蓬勃竞彩/童男稚女结伴上学堂。"《春》反读："春/碧翠/摘一朵/羞涩蓓蕾/美自不待言/心溢烂漫天真/驱时光串梭神往/你追我赶歌声嘹亮/童男稚女结伴上学堂。"可以看出，无论是正读，还是反读，都是先写春景，再写人物。春色烂漫，生机盎然，孩童结伴上学，句句皆是余先生对春的歌颂和喜爱！在诗歌《春茶之韵》中，余先生借用少女容姿来描写凤山的春茶。"当温暖柔和的春风/带着妙龄少女的体香/徐徐拂面地吹来/吹到凤山的岗岭上/挠得满园茶树吱吱痒/忍不住地笑出了麿蕊/……春/用最温柔的湿吻/滋润她的嘴唇与眉梢/让茶蕊之心/花儿绽放出/幸福喜悦的嫩芽芽"。在余先生眼里，春风是温柔的、是湿润的；春茶是可爱的、是俏皮的。心中有情之人，观万物皆有情，这充分证明了余先生对自然的热爱。

　　故乡是人出生与成长的地方，余先生在其诗歌中表达了自己对故乡的深深眷恋。在诗歌《回不去的是故乡》中，他这样描述自己的故乡："那群山环抱的人家，/一户户的堂屋、厨房，/那门联、台阶、石头墩，/那顺着山沟流淌的溪水，/和弯弯曲曲的小路，/连着张家李家刘家，/连着外面的世界，/连着渴望和梦想；/还有那篱笆墙围着的菜园，/从树林间隙里升起的炊烟"，这里描述的是故乡的山水田屋。"那入夜的小山村，/蟋蟀和心脏就开始对酒当歌；/老人、孩子在槐树下说故事，/闲不住的女人、母亲、婆婆……/在油灯下缝补、做袜、纳鞋底；/回荡在宁静夜空中的，/舂米声、榨油坊的撞击声，/直到被雄鸡的啼鸣覆盖；/清脆悦耳的报晓号子，/咯咯咯……此起彼伏"，这里描述的是故乡的物与人。前一段通过视觉传达故乡的景致画面，后一段通过听觉传达故乡的各种声音。画面与声音中都藏着余先生对故乡深深的眷恋。故乡或许是真的回不去了！即便真的回去了，往日的景、往日的人可能也不存在了！但是，只要一个人闭上眼睛，静静地待着，那模糊却温馨的景象、那遥远却熟悉的声音就会出现在余先生的眼中、耳中和心中。在余先生看来，故乡永远是灵魂的归依之处，是他的挚爱！

　　珞珈山是寄存青春的地方，余先生在其诗歌中表达了自己对珞珈山的满腔真情。珞珈山是武汉大学的山，是武大学子的山。这里有美景、有人情、有青春、有理想，还有无限美好的未来。珞珈之春最美，美在樱花与老建筑的交相辉映。余先生的诗歌是这样描述的，"我漫步春天的珞珈山/春风一吹，惬意从眉梢流入心底/像接收远方来自于你的灵犀/我会跑到樱花树下/去看那些芽和蕾，仿佛看着你/仿佛看见一场春雨淅沥/打湿我花白的眼神/直至蔓延到我的整个灵魂/直到所有的花都暂停了呼吸"（《我的樱花季》）。"我渴望这雨水倾盆/用整个春天/来灌溉我心中的沃野/包括眼睛，以及藏满花香的鼻梁/直到脚踝，直到浸透/我灵魂深处的花蕾/一片一片地绽放/让樱花城堡幸福的诗意/在珞珈山无言地弥漫/随着春风吟唱至远方"（《樱花喜欢春风》）。珞珈山的每一朵樱花似乎都开在了余先生的心上，樱花美丽了他的眼和心，他的诗歌美丽了樱花的魂！余先生不仅爱珞珈山的美景，更爱武大，以及武大传承百年的精神。在《乐山，珞珈山》《念奴娇·珞珈山追思》两首诗中，他回忆了武大西迁乐山的历史。"一个特别的日子，/记忆在葱郁的珞珈山行走。/路人、笑语、鸟语，/间歇穿过静寂的山林。/……/山河欲碎，珞珈人西迁、西迁，/冒着炮火穿越险滩，/难于上青天，难！再难，拦不住文明火种燃烧的火焰……/指示安宁，修葺学习，/文庙大成殿的钟声余音绵绵。/……/武汉大学的读书声，/带着历史沧桑的悲壮，/带着时代奋进的号角，/在乐山、珞珈山相映回荡……"诗歌记录了战火中的武大，赞颂出了那一代武大人的奋进精神！　在诗歌《幸福无比珞珈情》中，余先生描述了武大校友聚会的场景。"在樱花盛开的季节，/一张无形的情感网络，/牵织所有武大人的，/精神琴弦的经络末梢，/潮汐晨露晚霞春风，/从四面八方涌向珞珈山，/寻找存放岁月的记忆，/和记忆中的见证人相会。/……/我说你说他说她在听，/说到精彩处、共鸣处，/激动的话头被抢来抢去。/故事中有他有你也有我，/快乐的话题，你一言来他一语，/说不尽珞珈山的幸福时光，/用最大的广角镜进行摄录，/陶醉在欢快中的场景，/也只能捕捉一部分缩影。"这是多么热闹温馨的聚会场面！描写珞珈友人聚会的诗歌不止一首，《丙申七夕感怀》《珞珈兄弟情》《我们都来了》都属此类。众所周知，武大校友遍布全球，武大学子具有极强的集体认同感。每一个武大人都无法忘记美丽珞珈山，无法忘记曾经在珞珈山奋斗的日子。每当樱花开放时，我们都将生出一丝牵挂：珞珈山是否安好？恩师们是否安好？同窗们是否安好？该不该回去看一看？看一看自己那些年的青春？余先生的诗歌真正表达了这种血浓于水的深情！

爱美之心，人皆有之。美景让人沉醉，美人令人倾慕。从古至今，有不少诗人在诗歌中描绘美人。余先生倾心于着旗袍的女子。"身着淡粉色旗袍的女子，/荷花抹胸，腰束纤体；/手挽翠绿拖地的烟纱。/鬟雾鬓发中别着珠簪，/一对明眸的眉宇间，/妆缀着一颗赤色的豆珠。/清秀高雅丽质的脸上，/荡漾起春花秋月的神秘；/像一片轻绵柔和的彩云。"（《邂逅的相思》）"再看满湖碧荷的乡路间，/身着旗袍的江南女子，/在杨柳依依中款款而行，/在自然中移动的美能言语吗？"（《烟雨旗袍江南女人》）这些是秀雅清丽之美！"君不见绫罗绸缎的变彩，/缝制成旗袍护娇身；/飘飘然然如仙子，/轻移莲步或微盈浅笑，/或托腮沉思或凝视星空，/或依窗而坐飞针走线，/抚红弄翠女儿描春思；"（《女儿梦》）这是灵动娇羞的美！"她的高贵、圣洁、庄重/震撼心灵，/升华人格人性/驱逐邪念蒙生的雾霾/让真善美的阳光灿烂……/把她与生俱来的冷艳/用无声无息的语言溢彩/孤傲、柔韧、任性、和婉/让美的渴望美的不可企盼/……她携袖一动，暗香流韵/溢漫出深深浅浅的心事/是穿越时空岁月的风尘/在身后留下一路彩虹"（《旗袍，美无言》）。这是高贵孤傲的美！她从历史中走来，带着点点风尘，和深埋心底的柔情往事，美得令人心醉。余先生将用文字将女性的美呈现出来，表达出一个诗人对于美的追求，真可谓是情深一往、一往情深！

智慧是人类认知世界的能力，是一个人把握真理的能力，在佛学里叫"般若"。余先生的诗歌里呈现出了智慧之光，他是一位爱智慧的诗人。"自然中，最耀眼的光，是闪电；/最美丽的花，是昙花；//人生中，最耀眼的光，是灵魂的闪电；/最美丽的花，是思想的火花。//……多少人活着，却如同死去，/他们丧失了独立思考的能力，/畏惧思想，只追求感官的快乐，/如动物般混混沌沌地度日。"（《光和花》）最美丽的花是思想的火花，可见，余先生对思想能力的赞美！"富春时节/诗意地栖息/像樱顶的红木窗/充满灵犀/漫无目的地/往山间小径去/寻觅技道游戏//富春时节/诗意地栖息/也让思想的大道/引华夏文人雅士/游思维的山水/赏精神的家园/品美学的魂韵/让心回归自然的本源"（《富春·空间篇》）。诗中可读出，余先生对彭富春教授智慧的崇敬，对美学智慧的赞颂！

余先生的不少诗歌里还呈现出了佛禅般若。他强调人的本真，追求自我的回归。"在空中，捕风捉影。/是顺风，是逆风，是侧风。/是什么，都不重要，/只要适合自己。//假如是我，/就化作微尘，/裹藏在风里，随风飘荡，随风起舞，/和它在一起游戏。//在湖里，/水中捞月。是用网，是用叉，是用钓，/是什么，都不重要，/只要适合自己。//假如是我，/就化作微尘，/坠落在水里，随波荡漾，随浪花涟漪，/和它在一起欢趣……"（《追求》）若是风中微尘，则随风起舞；落入水中，则与浪嬉戏；这恰恰是返璞归真、自在随缘的禅境。"心灵和自然都是一样的，/平静的宁静，平衡的宁静，净静的平衡，都是美好的。/请不要，用自己的小聪明，/或所谓的善心善意，/去干扰，去打扰这份，/净静、宁静、宁净的美。"（《净静的美》）"此生修得一颗安静的心/让来世不再迷惘重重/让生命不再喘着粗气/可以慢慢享受风轻云淡的时光/让琐碎的日子变得安安静静/观照自己的内心世界/是否符合儿童的想象/让山去做水的坐标长满青翠/让云去做风的伴侣欢歌起舞/让自己的心和愉悦去促膝长谈"（《安静的心》）。这两首诗表达了余先生对清修生活的追求，也呈现出了他安静祥和的精神世界。还有一些诗歌，是关于宇宙万物的思考。"世界的万物皆自然/不要去诠释和追寻/存在变幻的所以然/质疑时而短暂时而漫长……"（《人生的自然与坦然》）"自然的一切发生，/一切存在的显现，/都是因缘和合而来，/自然万物皆是如此，/人间世事如幻如梦，皆因缘而显现。"（《一切因缘而来》）"浩渺宇宙的大自然，/唯有一个字——变，/是永恒的主题。/一切的一切都在变，/不变，也在变。/只不过是主动的变和被动的变，/三千大千世界无有不变。"（《变，是永恒的真理》）万物皆自然，有其自身的规律。一切事物的发生都是因缘和合。万事万物皆为空，"变"是永恒的真理。这些都是佛禅的智慧。余先生在写诗的同时，也把智慧传递给了读者。

爱天地自然，爱故乡，爱珞珈山的景和人，爱美，爱智慧。一方面，余先生在自身修持的过程中强调清净自然，追求纯真朴实，这是禅的内在体征。另一方面，余先生积极地投入我们所生存的这个世界，把爱奉献给世界，这是禅的外在布施。自我体征与施爱万物，两者并行，可见，余先生是一位名副其实的珞珈禅意人！

因鄙人才疏学浅，缺少阅历，故不能将余先生诗歌中的精妙之处一一领悟。未领悟的，留待往后慢慢参究；似已领悟的，又恐有偏差和错误，实在忐忑不安。不过，无论我的理解是否贴切，余先生对于诗歌艺术的热爱是肯定的！他在诗歌《缘起诗兴》中高吟："诗是人类的灵魂，/大地的风骨，/自然的精神，/宇宙的血液，/诗意是世界之中，/看不见的无形主体。/它与时间和空间同在，/是玄妙之道的化身！"其又赞："诗人是上天之子，/是用苍穹的骨血，/铸造的身躯；/是用宇宙的脉搏，/铸就的灵魂，/借助山川河流的语言，/彰显着大地的神韵；/借助风火雷电的音律，/彰显着自然的魂魄。"余先生作为一个诗人，他的每一次吟唱和疾呼都表达着他对自然天地与人类世界的深情。诗歌岁月，任他颠倒疯狂，愿这份狂热在诗句中继续燃烧，温暖更多读者的心！

2019年2月
写于广州康乐园

徐璐，中山大学中文系博士后。主要研究方向：禅学与宋代诗歌美学。

197

不为无益之事，何以遣有涯之生 / 龚 睿

——读《珞珈山起风了》有感

　　《珞珈山起风了》，反映了余先生的生活和思想等方方面面，其中所蕴含的人生智慧使阅读者受益。特别是诗中述说的人生哲理，抒发的人生经历，都散发着满满的正能量，将潜移默化地影响着当代青年学子。

　　余仲廉先生一直以来都在做有益的事情，打拼事业、照顾家庭、写诗写书、热心慈善，样样事又都做得那么成功，那么好。他的这些好和成功都源自于他的认真和执着，他践行着庄子的这句名言："不为无益之事，何以遣有涯之生"——不做些有意义的事（或者有利于社会和人民的事），又怎么对得起我们这有限的人生。为了让自己有限的人生过得充实而快乐，理应多做好事！这也是每个有志青年应当追求和奋斗的目标。

　　叔本华在探讨人的本质时，将人分为三个层次，而最难达到的也是大多数人最容易忽略的内层是关于"我是谁"的灵魂拷问。世间众人大多只关心我在他人眼里是怎样，或者只关心"我拥有什么"的问题，很少关心我的精神、我的人格、我的灵魂。在我看来，余先生是我遇见过的唯一一个从不在乎外界评价，专心做自己所热爱的事情的人，也是一位不在乎自己拥有多少物质财富，执着于慈善事业，具有高尚的人格魅力的人。他的所作所为无时无刻不向他周遭的人和广大博昊学子传递着满满的正能量。在余先生这本

诗集中，有4篇直接涉及"灵魂"的问题，语言质朴却引人深思。

《灵魂深处的爱》，告诉人们世间一切的爱都来自于上天神圣的旨意，那是一种眼神与眼神的相遇、心与心的互通、灵魂与灵魂的碰撞，不禁让人觉得人生是多么美好，爱与被爱都是多么美好！

《身体与灵魂》，告诉人们既不能身体先行，灵魂滞后，否则就成了没有灵魂的行尸走肉；也不能做一个梦里走了很多路，醒来还在床上的不求实际灵魂先行的异类；而要让灵魂和身体并肩而行、高度契合，才能找准生活的方向，在人生的道路上砥砺前行。

有人说，一个人只有内心有爱，灵魂才有香；而我说，一个人心中有爱，灵魂必然是掷地有声、饱含重量的。爱至诚，灵魂世界也必定更为丰满，《灵魂之声》引导人们就算在喧闹的尘世，在方寸之地，也要努力寻得灵魂悠然安放处，引导着人们走向生命的丰满和美好。

还有一篇《孤独的灵魂》，这是先生在武汉大学深圳研究院参加英语考试时率意而为的一篇佳作，也是让我感触最深的一篇。它包含诗人对人类历史上精神领袖的独到见解。在这里，耶稣不再是人们信得永生的法宝，孔子也自有其不足和遗憾。孤独者之所以孤独无助，是因为他自始至终都在寻求他救，盲目地追随所谓的主，而忽略了自救，忽略了和自己的内心对话，和尘世的温柔和美好对话。

我读完余先生即将出版的《珞珈山起风了》，感觉到珞珈山的风在我的心里和人生中吹拂，让我更多地去了解余先生，由此得知余先生不仅在《珞珈山起风了》中有几首写灵魂的诗，并且早就出版过《灵魂的解读》《行悟人生》《忆老佛爷些许》等十几本哲思专著及在各类C刊发表文章数百篇，还主导编辑《校友》《博昊风韵》和《珞珈诗派丛书》，还有已经整理定稿的古体诗集《六根弦音》。当我探寻到这许多惊奇内容之时，难免不心生感慨：生而有涯，只有在那个聆听到自己内心的"美丽花园"，我们才不再慌乱，才更加从容坚定，才更加脚踏实地，才能像余先生一样去追求"禅意人生"，有所成就有所建树。

2019 年 2 月 23 日

龚睿，华中师范大学文学院中国语言文学博士。

诗歌与心灵的唱和 / 张贤根

——写在余仲廉诗集出版前夕

　　在当今，读诗与写诗虽然早已不是什么时髦的事，但考虑到诗歌在人们精神生活中不可替代的重要意义，那些一直从事诗歌创作的人确实是难能可贵的。在亚里士多德那里，诗歌与艺术在陶冶人的情操过程中的价值得到了强调。近些年来，余仲廉写作了大量颇有意趣的诗歌。近日，余仲廉诗集《珞珈山起风了》，即将由长江文艺出版社出版。

　　虽然说，诗究竟是什么，存在着各种不同的见解与看法，但诗与人的情感、生命体认的关联却是无可置疑的。余仲廉的诗歌表达了作者真切的人生感悟，这些人生感悟又被他的精神与情感所介入与渗透。而且，他还将自己的情感移植到自然与生活中去，进而对生活的审美化与审美的生活化有所助益。与此同时，他的诗还不乏正义感。

　　还应看到，余仲廉的创作既没有局限在传统诗歌的格律里，也不同于许多不知所云与无病呻吟的现代诗。他的诗歌，既有哲理，又散发着返璞归真的童心，这些诗无疑流露与彰显出他对自己往日生活的追忆与感怀。他的许多诗歌与珞珈山有关，既有对珞珈山美景的描绘与赞赏，又有对与武大校友和友人相会的想念。毫无疑问，这种情感既是真诚的，同时也是深切的。

　　在儒家那里，诗歌的美与教化功能得到了强调。在余仲廉的诗歌里，对历史、社会与文化的思考与回应，体现出来的其实是"诗言志"及其内在诉求。尽管诗人不可能永远年轻，但不泯之童心却是诗人不可或缺的。孔子的"思无邪"表征的不正是思想的纯正无邪，以及诗作为伦理与教化的意义与价值吗？但余仲廉的诗，却并没有与伦理、教化简单地混为一谈。

也就是说，余仲廉并没有将诗歌的创作，仅仅停留在"思无邪"及其密切关联的人伦维度上。在诗里，诗人对生活的感悟与人生体认加以生动的表达，但这又是在独特的艺术经验与审美风格里生成与实现的。

在余仲廉的诗中，正义感与道德诉求是密不可分的。诗人以其独特的创作方式与审美感受表明，诗原本无非是人性的生成与生命丰富多彩的绽放，旨在将人的灵魂还原到自身的初心处安放。诗歌本身就是富有韵律与感情色彩的语言形式。而且，诗缘情与诗言志在余仲廉的诗里彼此呼应，相得益彰。

余仲廉诗里的描景、叙事与写人，甚至直接指向了人的灵魂深处，以揭示与消除对心灵由来已久的束缚。实际上，一切诗歌无不是诗人情感与灵魂的述说。余仲廉除了从事诗歌与书法创作外，还身体力行默默无闻地致力于慈善事业，并将这种人文情怀渗透在诗的字里行间。兼济他人，服务社会与传承文化，其实正是余仲廉诗歌创作的日常生活指向。

毫无疑问，一批新的珞珈诗人，正在初试锋芒、崭露头角，并与历代诗人共鸣、交相辉映。珞珈诗派之所以能够获得广泛接受，是因为它自觉秉承了20世纪20年代末国立武汉大学首任文学院院长闻一多等国学大师的诗学传统，以自由包容的思想和诗意生活为底蕴。珞珈诗派逐步成长为一个以高校为活动中心的代表性诗歌流派。而且，珞珈山的诗歌精神与文化传统在当代得到了传承与发展。

还可以说，余仲廉诗的艺术与审美表现，既有对自我生命的自觉意识与体认，也不乏对真善美及其关联的精神诉求。其实，闻道之于人生的意义是不言而喻的。正如孔子所说："志于道，据于德，依于仁，游于艺。"令人欣慰的是，余仲廉以其广受好评的诗歌，成了珞珈诗派的代表人物之一。与此同时，我们还真切地希望与期盼着，余仲廉能"百尺竿头，更进一步"，在未来创作出更多更好的诗歌作品。

值得一提的是，美善合一、情理交融、认知与直觉并重、人与自然统一、原始人道精神与人生的审美境界的关联，是中国诗歌与艺术的精神与文化特质，这些特质显然影响着诗人们的思考与创作。虽然说，人类生活、历史与文化，也是诗人们创作的灵感来源，但更为重要的是，通过诗歌与诗人心灵的唱和，促成人与自身、他人、社会的和谐共生，却是余仲廉与所有诗人义不容辞的文化使命。

张贤根，武汉珞珈诗派研究会副会长，教授，湖北省美学学会副会长、秘书长，中华美学学会会员，欧洲美学学会会员。

阅历作用于语言的方式 / 李建春

　　戊戌（2018）年的一个重要经验，是把"逆来顺受"和"顺受其正"两个词联系起来了。"逆来顺受"，泛指一种宗教性的忍耐，或传统女性化的对待命运、权力的态度；"顺受其正"是张志扬先生的造词，我想张先生在造这个词的时候，肯定是把"横逆之来"的意思也隐含了，从"迎面而来"的命运或历史性存在中寻求、接受其正面价值。因此他成为主流价值的建设者。歌德曾言及：在伟大事物面前，除了顺从、赞叹别无选择。比较卢梭的《忏悔录》、里尔克生平，及拜伦、王尔德、波德莱尔的诗意我已了解，颓废其实是贵族的特权，是美的最高等级。只有起点足够高时，向下滑翔才好看：撒旦本是天使长，最靠近上帝的一位，所以他坠落起来像彗星一样，在大气层中摩擦燃烧，令人瞩目。至于那些起点较低的平民诗人，实无资格陶醉于颓废之美，因为他坠不出那一条美丽的弧线，反而是向上攀登的螺旋曲径极长。我很早就懂得这道理：平民诗人须以刚健、崇高的风格，寻求自己的位置。卢梭、里尔克似乎都是出身平民，却在贵妇人的怀中找到自己成长的道路，或精神的形式。卢梭的契约论，成为法国大革命的先声和资本主义指导思想之一，他最终作为自然主义的开创者，娶了一位平民妻子，隐居巴黎乡郊。里尔克终生寻求贵族妇女的爱、支持和理解，并宣称自己是贵族的后代（他的传记作者对此存疑）。他的诗在20世纪大诗人中以形而上著称，把语言推进到不可言说之境。拜伦等诗人叛逆的耀眼在此不详及。中国传统中平民的上升有科考、出仕的正常途径，不需要走裙带的道路。出仕的学问是儒家，要义在于忠孝。但在当代，忠孝产生变异。《易经·系辞传》说："是故法象莫大乎天地，变通莫大乎四时，悬象著明莫大乎日月，崇高莫大乎富贵。"是故微者求其大，当从这四个方面思考。我长期追求崇高却不得其门，最终虽形成刚健的风格，但那是中国农民的自然声音，终日乾乾，自强不息，与富贵无关。（读《易》是命已定，不需要算命之后）最近却发现一个有趣的例子，意义不在于诗的启示，而在生平、相的启示。余仲廉师兄作为一名慈善家、博昊基金创始人，雅爱写诗，与吴晓师兄同为"珞珈诗派丛书"主编。因此由我来谈一谈他的诗，义不容辞。

我注意到他的出身，是我的长诗《幼年文献》开头的一句引发的："一年中有半年赤脚，四月一过/就要省鞋，用自家脚板的老茧做鞋，/踩在泥地上。"一位湖南的诗友认为我夸张、矫情。这位诗友的母亲是生产队的干部，而我的爷爷是地主，童年的记忆被"阶级"隔膜了。没想到仲廉兄有更夸张的经历。他说："你才半年赤脚！我是终年赤脚。我冬天在雪地里牵出我的牛，等着牛拉出早晨的第一堆屎，赶紧双脚插入，站在稀烂的牛屎里取暖。"有这样切身的体验，当然能够理解我的浅显的苦难。他还有更戏剧性的人生逆转：考上了武大却不准他读，如今竟成为武大的博士。从写作上看，他的阅历赋予了他一种丰富、驳杂的特质，非平常书生可比。阅历作用于语言的方式是，让他的诗具有一种自然留白的特点，一种超越了词语的、不言而喻的内涵。他并不诉说他的过去，甚至写现在也不属于现实主义，而主要是一些即兴随境、风雅吟咏之作，但是在这吟咏之中，内藏风云，有些还不是我生活的层面能够理解的。

仲廉兄新体、旧体都写，他还写词写赋写对联，旧体诗以禅悟、沉思为主要内容。他的现代诗以即兴即境的居多，还在进展、变化之中，他的旧体诗本质上却是一种新诗，综合起来看，成就可观。他的写作体现了一个实干家在社会交往、心性体悟等方面的所得。他迄今最好的诗我个人认为是《泰山赋》。这是他上过泰山"十三次"，读过大量文献，深入研究乃至有神灵感格的经验之后才写的一篇赋。仲廉兄在诗集中将此赋分行排列，作为新诗对待。

述其精神，
顶天立地，
正气浩然长空。
担当堪为楷模，
树立于亘古绵绵；
坚忍弘毅之典范，
颂扬于流传远远。
胸怀之博博，
格局之宏宏，
始制于天高地厚，
不可及泰山也。
引王者易姓而躬朝，
必敬封禅问何焉？
而生其道焉！
会天地之交泰，
法孔孟之圣儒；
慈爱德之仁厚，
礼义信之忠孝；
修人性于居处恭，
执事敬；
教君视"民为贵，
社稷次之，君为轻"也。

融释之宇宙色空，

调天地之阴阳也！

断欲无我之超然；

聚道意玄之又玄，

纳无为而无不为也。

其和合于，

普照与红门之彰彰，

育芸芸万物，

号天下之众生，

天行健，

以自强不息

地势坤，

以厚德载物

而激圣灵奋起也！

　　文白交杂，引证、持论皆端重，不拘一格，有个性，且能折射当代人的心态。如果他把这种严谨也贯穿到新诗创作中就好了。这里面涉及一个传统背景的作者，该怎样写新诗的问题。新诗要求有一定的西学、读译诗的修养，传统底蕴的作者绕不绕得过去？新诗已毫无疑问地成为当代主流诗体，影响、辐射面更大，以至于吸引了像余仲廉这样有传统背景的作者。与此同时，一些当代诗人却开始尝试一种新诗性格的旧体诗，反过来又给诗词界注入一股精气，冲决其陈腐的习气。这种新诗性格的诗词，除尾韵、字数外，格律一般不甚讲究。

　　余仲廉的诗写有一种深刻的入世精神，但是又保留出世的意愿。传统方面的领悟虽以禅修为主，但是一旦进入特定场合，与儒家则有更多的共鸣。"述其精神，/顶天立地，/正气浩然长空。"

像这样的出语是多么自然，由此可以推想，儒家精神在中国人的潜意识里其实从未真正断绝，儒家只是在当代意识形态话语层面不那么正统而已，但是要表达起类似的思想，还真的找不到可以替代的、更好的语言。在泰山这么一个历代封禅的地方，感受"天高地厚"，诗人的胸怀、格局自然而然地就入儒家的道，并带上历史的沧桑感："引王者易姓而躬朝，/必敬封禅问何焉？/而生其道焉！"历史现场对一个汉语诗人的影响，在于能够"生其道"，即从自己的生活、自性中流露的道性。在习惯性地表述忠孝仁义、民贵君轻等儒家思想之后，忽然接上来自佛道的个人领悟："融释之宇宙色空，/调天地之阴阳也！/断欲无我之超然；/聚道意玄之又玄，/纳无为而无不为也。"这已不是正宗的文言，是带上当代人文气息的文言了，属于当代诗的逸格。"其和合于，/普照与红门之彰彰，/育芸芸万物，/号天下之众生，"经过几行出世法的短暂玄思之后，又"和合于，普照与红门之彰彰"，文白交杂，意境却已是现代诗。

　　敬仰践行，

　　"山莫大于泰山，

　　史亦莫古于岱宗"。

　　使之成为天地之象征，

　　太阳之化身，

　　生命之源泉，

　　道德之载体，

　　精神之灵魂，

　　文化之血脉，

　　凛然耸立，

　　巍峨岩岩矣！

意象组织、思维方式都已全然是当代的。更有这样的自我的介入："楚荆俗子，/荒野村夫仲廉。/仰泰岳之雄冠，/敬孔孟之儒圣。/余五十年春秋，/历十三次攀登。/每感新觉，/数体奇妙。"为文言、赋体的活用开辟新径。"灿烂之辉煌夺目，/不能言语赞兮，/华丽之美轮美奂，/难觅言词夸兮，/摄人之魂魄涅槃。/令欣然至狂兮！/飞跃扑向山石，/伸双臂展尽胸怀；/紧紧贴身拥抱，/亲之深深！/抚之切切！"奇特的诗人，性情呼之欲出，品读之际不觉莞尔。而当他直接用当代汉语表达时，生活中更丰富的方面就突破旧体诗的限制，琳琅满目展现出来：

别了，我记忆的仓库，

装满了阳光、海浪、沙滩，

装满了海风、椰风、和风，

装满了美景、美食、美人。

心里满满的情义和情怀，

只好全部卸下来，

寄存在清澜半岛，

寄存在全海南，

三角梅的花儿上……

这些分行想必是在即将与"阳光、海浪、沙滩……"等分别之际写的，"记忆的仓库"满满地装着美好的印象。情哀使人收敛，节奏紧张，情悦则使人舒缓，语感松弛开敞，此诗的句式简单，但是罗列的印象多，容量大。在享受之际亦不忘"情义与情怀"。或许，情义与情怀正是通过这些美好的事物，将自身的价值敞现给这位长期从事慈善事业、在出入之际游移不定的修道者。

美女呀

如果你真的爱我

就请你抓紧时间

温柔地把我采摘

因为我的青春短暂

只有你爱的眼神

向我示意的秋波那样长

美女呀

如果你会意了

我蕴含的韵味

那就请你抓紧时间

温柔地把我采摘

因为春天在呼唤

要我随她去周游世界

美女呀

不知你是否明白

我是多么地渴望

你快快温柔地把我摘采

因为只有你纤巧的手

才能成全我渴望的未来

幸福地吻你的唇入你的怀

在你的心灵里润化成诗意

美女呀！美女

你可知我生命的花期

当清明时节雨纷纷

路上行人会带走我的灵魂

我稚嫩翠萌的无限韵味

将被摧残得不复存在

我的归途就只剩无奈的等待

在秋天来时凋零

仲廉兄在这个春意满满的时刻，竟然把自己想象成一朵花，一个孩子，"温柔地把我采摘"，他对爱情的想象似乎是一种恋母情结，这样善良、"不淫"。所以他才这样"唯我"：

在空中，捕风捉影。

是顺风，是逆风，是侧风，

是什么，都不重要，

只要适合自己。

假如是我，

就化作微尘，

裹藏在风里，

随风飘荡，随风起舞，

和它在一起游戏。

化作微尘，裹在风里，随风起舞，与影子一起游戏。什么风都没关系，"只要适合自己"。这是他学佛之后找到的真实、渺小的自己，及随遇而安的态度。已有般若的气息，但是还未见道。关于求道的沉思，更多地见于他的新诗性格的旧体诗："轻风徐徐拂心秽，静听蛐蛐声声醉。众鸟归林入梦乡，参透尘念道影现。"

（《缘起性空》）对于道，他仍然只是"捉影"。"年轻气盛论短长，晚归长短齐夕阳。求得人生万般有，哪样能随涅槃去？"（《登宝通寺塔有感》）"短长"随着晚归而与夕阳齐平，多么壮阔、现代派的抽象。"求得人生万般有，哪样能随涅槃去？"一真一切真，一假一切假。佛也可以是"人生万般有"的。他的性情有许多可爱之处，不一一列举。读余仲廉的诗给我的感受，是从意识形态之魅到生活之真的路还很长。这一代人的闯劲、拼劲、英豪劲、理想劲，令人侧目，撞到经中、道中，哪怕只是"道影"，也是幸运的。

再完整地抄一首短诗《你是伟大的伪人》，作为结语：

你是伟大的伪人，
把善变两端能量集一身；
你能占有我的时间和空间，
让我随着你的意思行为。

你是伟大的伪人，
一切只在转瞬眨眼间，
在地球及大气层内，
就寻找不到你的蛛丝马迹；

你是伟大的伪人，
当你需要我的时候，
把我高抬到珠峰之上，
尊称成为你心中的唯一。

你是伟大的伪人，

当你不需要我的时候，
把我扔在珠峰山底，
与你毫无关系地抛弃。

你是伟大的伪人，
为了你需要的时候所用，
希望我保持无我的本质。
在你反复的用和弃中感知，
你真是伟大的伪人。

既然是"伟大的"，为何只是"伪人"？这很有趣。也是仲廉兄的语言触及现代性之处。现代性就是经验的含混、矛盾。你可以把"伪人"想象为生意场上的某个朋友，但不全是，因为他是"伟大的"。甚至可以介入前述的崇拜，或理想，或他自己的某种幻觉。他显然享受这个"伪人"对他的占有、吹捧，乃至把他摔入谷底粉身碎骨。正如经与经可以互证，诗与诗也是可以互解和补充的，仲廉兄在他的语言天真的时刻，能够呈现一个性情的自己和生活的复杂性。

己亥正月初稿，珞珈山麓

李建春，诗人，艺术评论家。1970 年生。湖北大冶人。1992 年本科毕业于武汉大学汉语言文学系。文学硕士。现任教于湖北美术学院。

爱的篇章智慧的言说 / 杨凯军

——评余仲廉先生的诗

　　余仲廉先生是一个酷爱诗歌的性情中人，他把人生的百般况味都化作了诗歌，他是一个行吟诗人。

　　正如哲学家、美学家、武汉大学彭富春教授所言："在他看来，诗歌没有边界和禁忌。这就是说，生活一切皆可成诗。没有什么是可以成诗的，也没有什么是不可以成诗的。基于这样的美学原则，他把存在过、思考过和言说过的事情都写成文字，升华为诗。"

　　余仲廉的诗歌并不局限于某个特别领域，他写景、咏物、品人、言志、抒情、寄思。他感叹，"独处，是一种静美，是一种人生的修为。"他赞美，樱花"诗一般伸展的枝条上，有数不清的花蕾"，"仿佛看见一场春雨淅沥，打湿我花白的眼神。"他品读仓央嘉措，"脚却漫步在诗意覆盖的天空下，听亘古传来的佛音。清远悠扬的回荡起复，诉说着雪山雪莲格桑花的故事。"他奉劝世人，"不能因为你有钱，你就可以不是人，任意展现土豪精神；不能因为你有学问，你就可以不是人，丢掉道德和良知；不能因为你有势，你就可以不是人，随意彰显动物的本性；不能因为你有权，你就可以不是人，胡作非为地欺凌黎民百姓。"他是哲人、怀疑主义者，他孤独的灵魂"沮丧着诸神的心灵阴谋，寻找属于自然的灵魂。"

　　他的诗歌充满激情，饱含深情，富有哲理，其主调是爱，是爱的诗篇。除了生活化和激情化的特性之外，他的诗歌还有口语化的特点。正如彭富春教授所言："余仲廉既不重复古人的声音，抄写一些古雅、生僻和难懂的字词，也不模仿洋人的腔调，发出一些莫名其妙的呻吟，而是直接使用日常生活的口语。他的语言是活生生的，是人们每时每处使用的语言。余仲廉的诗篇的语言不仅是灵魂性的，而且是身体性的。这种语言似乎可以让人感觉到从口腔里直接喷发出来的强烈气息，如同人们在荒野里嗅到的草木的芳香一样。因此，余仲廉诗歌的口语的力量不仅可以触及人的灵魂，而且可以触及人的身体。"

在西方著名哲学家、思想家海德格尔看来，诗是人本真的存在方式，也是存在的真理显现的方式。余仲廉的诗歌不仅是欲望的言说、技术的言说，而且也是大道的言说，也就是关于存在智慧的言说。

余仲廉先生数十年如一日地坚持关注和观察自己和他人的生活以及这个广阔复杂的世界，他从中国传统的儒道禅思想中以及西方大哲那里汲取营养，行走在修炼人生、超越自我的大道上。早年的贫困和磨难，从政、经商中的屈辱和心灵折磨没能击垮他，他始终保持着一颗童心。在历经沧桑、阅人无数后，他仍能保持着儿童般的赤诚，用惊奇和思索的目光看待身边的人、周边的景，用热情的笔讴歌四季草木、醉美自然，追问宇宙奥秘、人生真谛。他不仅是企业家、作家、书法家、诗人、哲人、慈善家，更是一个善良、真诚的人，是一个真正的成功者。

杨凯军，武汉大学哲学博士。现为武汉大学保卫科学研究所编辑。

一个富豪为什么要写诗？　　/ 李　喵

——评余仲廉先生的诗

　　我已经忘记是在何时何地、何种场合认识余仲廉先生的了。有一种人，在见第一面的时候往往不会给你十分强烈的感受，即使他是个亿万富翁。对了，他真的就是个亿万富翁。我猜测第一次相遇肯定是在某次饭局上。亿万富翁、交际场、觥筹交错的酒桌，是我最厌恶的场合，没有之一。因此，我一般都是埋头苦吃以"闭目塞听"。就这样，我也很难说对他有什么认识或印象。

　　但见了几次之后，印象有所改观：他十分低调朴素，态度谦逊，在表达自己观点的时候又很直接清晰，语速平缓，不会情绪激动，也不会犹疑畏缩。现在的富豪，越来越知道低调的重要性，但一种真正的低调是很难做到的。如果以为低调只是穿戴的奢侈品不再带显眼的logo，在讲话的时候口头上不断地自谦，甚至哭穷之类，那就大错特错了！要知道，我们是学术圈，而且是哲学圈，一个人类有史以来最犀利的圈子。当你进入哲学圈，就要做好被那些如炬的目光把里里外外审视一遍的心理准备，至于批判与否，完全看彼此随机的表现。所以，无论是假谦虚还是真装腔作势，在这个圈子里显然都是行不通的。

　　什么是真正的低调呢？那就是明白和保持个性而又适度地隐藏个性。真正有自知之明的人自然不会高调，保持个性即是保持自我而赢得他人的尊重，而适当地隐藏个性是社交的基本礼仪。能做到这些的人并不多。而他自然是深谙此道的那部分少数高手。

他态度谦逊，勇于表达观点，但从来不激烈地表达观点；衣着朴素，但不是传说中那些不修边幅没有品位的老板；尊重在场的每一位朋友，照顾每个人的感受和情绪。

由这些细节慢慢积累的印象，我终于觉得我这位老乡，是一位有内涵的人。这种内涵，当时给我的直觉，并不仅仅是所谓的情商，而是由他的人生经历和领悟而来。事实证明，这种直觉是对的。

他的有意思，还在他的外形上。不可否认，我实在是一位太注重外在而且十分喜欢享受观察欣赏别人外形的人。这并没有什么问题，有哪一位真正喜欢哲学的人会不喜欢欣赏人的形体呢？这毕竟是从古希腊传承下来的最美好的精神之一。形体，不是肉体，甚至也不仅仅只是身体。评价形体，并非只有简单的美丑二字。仅仅用美丑二字来形容人的形体是肤浅粗暴的。形体所表现出的是他主人的精神气质。形体，是人的精气神的体现，是人的全部内涵和灵魂的承载者。对于形体的评判，有太多的形容词：美丽、优雅、健壮、有力、匀称、修长、高挑、端正……但是很无奈，以上这类形容词与他基本上是无缘，如果勉强要用的话，最后"端正"一词勉强可以。与我所强调的西方精神和以上那些西化的评判词而言，他确实用不上，因为他显然是一个典型的中式人物，无论是他的言谈举止、待人接物还是精神气质。他身材不高，也不强健，没有那种雄赳赳气昂昂、精神抖擞的振奋感。稍可留意的是他一头整洁浓密自然的头发，以及同样整洁浓密自然的八字胡须，有点神似尼采胡须的整洁缩小版。中国男性留胡子，很少有自然优美的，他算一个。在这样两撇浓密的胡须之下，语词句子缓缓地但是清晰有力地如同泉水般流淌出来。在他说话的时候，那双小而有神的黑眼睛始终温和地看着你，似乎在说："我的看法是这样的，你觉得呢？"

如果他不是富豪的话，也许他应该去做一个旧式的"夫子"，在私塾或学园里面去教人读经、传道授业、著书立作之类。事实上，他确实写过几本书。在我毕业的时候，他曾送了我两本。世界上写书的人千千万万，写的书万万千千，光西方哲学史上的经典就犹如一座座巨峰，即使夜以继日、废寝忘食，想读完也只能是痴心妄想，所以多年来我几乎只读西方哲学的经典，偶尔间杂一些西方文学、历史类书籍。再加上当时对"富翁出书"的偏见，以及对社会、对生活的感悟太浅，我并未认真地看他的著作，反倒是对他编撰的另一本关于家乡的人物故事集之类的书看得津津有味。

时光荏苒，转眼我已经毕业好几年了，生活工作，早已不是当初的我。如今再去读他的诗，我竟产生了深深的感悟与共鸣。真是岁月曾经饶过谁！然而，如果一个人善于学习、懂得反思、不断修炼，那么岁月带给他的就不仅仅是衰老或无内容的"成熟"，还有让人沉淀得更加丰富有内涵。

一方水土养一方人，同一个地方的人会有一些相似相通的性格。江汉平原富饶而平静，人们自古仰赖土地而生存，自给自足，在历史上，甚至有过自己经济、政治和文化上的辉煌。但，在现代工业文明的催化和中国改革开放的步伐之中，江汉平原显然并没有走得那么敏捷而快速，尤其是在广大的县城和农村。这造成了一系列的矛盾甚至撕裂。江汉儿女，自古聪慧灵秀，坚韧倔强，自然不甘心于家乡的沉沦，不甘心于将自己的一生束缚寂灭于与现代文明逐渐脱轨的小地方。正如他在《五十岁回故乡》中写道的："岂能此生寂寞平庸？背上简单行囊，仗剑远行江湖。"

我身边总有这样的人，通过自己的努力，从家乡走出来，去经商、从政和做学术。他们往往重感情、懂回馈，虽然离开了家乡，但从未真正脱离家乡。无论他们走多远，家乡，始终是他们所思所想的一部分。他们之中，有些是我敬仰的长辈，有些是我的同龄人，我相信必定还不断有奋斗的年轻人源源不断地出现。

时间和空间的变迁，奋斗与聚散的经历，对聪颖而善感的人来说，既可能是复杂到难以承受的情绪，也可以是哲学诗歌创造的养分与灵感。

他，余仲廉，正是这样的一个人。

作为一名"60后"，他从家乡一路奋斗过来，个中滋味自是一言难尽。这些感悟，即使不去读他的诗，也可以想象；读完他的诗，也只是令感受更深刻一些、感慨更多一些罢了。

他的诗基本上语言通俗，道理实在，特别适合无事的时候作为调剂。他的诗作虽多，但内容不外乎几种：奋斗心得、人生体验、劝诫世人、缅怀亲人、感师怀友、游玩禅悟，以及节日庆贺、人情往来、应酬场面之作。前一种包括一些生活的道理，对自我的要求，有一些偏说教，虽然可读，却没什么用，毕竟知易行难，这个与每个人的志向和意志力相关。后一种虽情深意切，但不看也罢。

最堪读的是那些富含哲理和思考味道的诗，那些散发着对生命热爱和返璞归真的童心之诗。这也正是他的诗最有价值之处。

显然，余仲廉先生这么多年一直在不断地学习和提升自己，尊重师长，爱护同窗，难能可贵。不要说人有钱了就一定会去追问生命的问题，去追求思想的觉悟，正如他在诗中写过的对待财富的态度：人得到财富、享用财富，都有自己的分寸尺度。因为不仅人追求和使用财富，财富自身也有自己的本性。这样的说法可窥其境界。另外，他对生活场景的描写，大部分是与喝酒相关的。余仲廉和朋友们，饮酒豪放，可见胸怀；不饮不醉之人，不可信。因此，他虽是生意人，却颇有风范，正如我前面提到过的，他若不作生意，大概可去做个夫子。

为何是做夫子而不是其他？因为他虽有对哲学的思考，但基本是个非常传统的人，其所思所想，是典型的儒道佛的道路。放眼他的整个诗选，触目比比皆是儒之仁厚、精忠、礼义、廉耻、仁孝，道家中的天道、天眼以及道家顺其自然的人生态度，佛教中的缘分、慈悲、施舍、天理、善恶的朴素观念。其诗中多有《正理》《天理》《自省》《谨慎》《为善之悟》《三天人生》《心之宽窄》等思索之作，更有《追忆莲溪寺》《悟空》《觉悟》等寻僧访寺之后的顿悟之作。

社会复杂，商海激烈。难得余仲廉没有异化，而是保持着对生命的热爱、对朋友和友谊的真诚。更喜欢他近年的诗，更有返璞归真之感，更清新纯粹，有了更多令人玩味的意蕴，如《春天的小女孩》《两只蝴蝶》之类。从余仲廉的一些近照看，其举止笑容，通透自然，也确实有童心之感。这也表明，刚过知天命之年的他，对生命生活的感悟已经开始返璞归真。生活想通了就那么回事，想通了之后，谁还会想要去复杂地生活呢？至少在人的心里，人和世界已经复归简单。

因此，现在的余仲廉又开始有了更多的理想主义，更多的赤子之心，以前做过的各种梦，估计又开始清晰起来。《梦里写诗》《写梦中诗境》，这些以"梦"为主题的诗，是极富有诗意的几首。尤其是后一首，其中显示了创作诗歌的心理过程，把灵感涌现、喷薄而出的瞬间，描写得激动人心，使读者仿佛也经历了一次作诗的过程。

余仲廉的诗，论思想深度，肯定不及老子、孔子、尼采、海德格尔；论才华韵律，肯定不及李白、杜甫；论遣词造句，也许还不如我。

但是，写诗最重要的都不是以上那些。

而是：是什么决定了我们要写诗？是什么决定了我们能写出自己的诗？

在西方存在主义大哲海德格尔那里，诗是人本真的存在方式，也是存在的真理显现的方式。因此，不只是诗人才能写诗，不只是诗人写出来的才是诗。正如有人说过，艺术最好的状态是业余的状态。因为艺术的根源在于生活本身。写诗亦是如此。

诗是我们保持和显现自我的本性的根本方式。

活着的人不一定能作诗，但存在着的人一定能作诗，

并且，一个存在着的人必定不得不作诗。

余仲廉的诗给人最有益的启发也正在于此：他的诗给我们提供了在日常熟悉的环境中开启新的可能性的可能性。他是一个凡人去思考和追问我们凡人生命之所以存在的本源问题的例子。他是一个在日常生活和商海沉浮的那些琐碎与复杂当中追求真善美并且让人看到了希望的例子。

读罢余仲廉的诗，感慨红尘一凡人，偏要顽强、执着、不放弃，不断超越探求。"生年不满百，常怀千岁忧。"人生固然不仅仅只是有忧愁，然而一个有思想的人，其思绪总是承接整个历史与宇宙，因此远远地超出了忧愁，甚至也超出了快乐，超出了忧愁与快乐的对立，而将喜怒哀乐都看作生之常态。试问几人能做到？

余仲廉能数十年如一日，坚持关注和观察自己和他人的生活以及这个广阔复杂的世界，还能从中国传统儒道禅中汲取营养，能从西方大哲那里吸收精华，就已经是行走在超越的路上了。

李喵，德国慕尼黑大学哲学博士，苏州大学哲学系教师。

短　评　/秦前红

　　初识余仲廉时，人皆不称老总，而多以诗人相呼，我内心并不能信服。以为那不过是有钱人的附庸风雅，与周围人的逢迎恭维而已。后读余诗渐多，则认知亦随之而变。

　　余诗之长在于自由、性情，于格律、修辞未必讲究，个别词句也似可进一步斟酌，但其一言一句，真情乃现，况物言志，洒脱不拘。吾以为其诗中佳品乃那些叩问人生、考究意义的禅诗。其表征出一个看惯风月、饱经沧桑而又事业有大成者的豁达与澄澈。

　　故余仲廉，余大诗人也，诚哉斯言，吾深服之。

　　秦前红，武汉大学法学院教授、博士生导师，兼任中国宪法学研究会副会长、湖北地方立法研究会副会长、湖北省政府首席行政复议专家、武汉大学校长法律顾问等职务。